Um Café

Was passiert, wenn sich ein humorvoller Mensch auf eine ernsthafte Reise begibt? Genau!
Es passiert eine ernsthaft humorvolle Geschichte.

Wenn ein Mann sich vier Wochen lang nicht rasiert, vier Wochen lang offline geht und sich vier Wochen lang nicht die Haare kämmt, stehen ihm dann die Haare zu Berge, verliert er dann den Kontakt zur Ausenwelt oder wird er zu einem richtigen Kerl?

Fragen über Fragen, deren Antworten Sie auf den nächsten Seiten lesen.

Eines kann ich aber mit Sicherheit beantworten, dass, wenn deine Intuition dir sagt, dass es für dich an der Zeit ist, die Zurückhaltung hinter dir zu lassen, dann tu es und gehe los.

Ihr Mario Kuttnig

DER *Lebens* GEFÄHRTE

Illustration: Melanie Riemer
Umschlaggestaltung: Agentur Beeast, Mario Kuttnig
Lektorat: Christina Jonke
Fotos: Mario Kuttnig

Druck und Vertrieb im Auftrag des Autors: Buchschmiede von Dataform Media GmbH, Wien
www.buchschmiede.at - Folge deinem Buchgefühl!
ISBN:
978-3-99139-645-1 (Paperback)
978-3-99139-644-4 (E-Book)

202021032
PRINTED IN AUSTRIA

Inhalt

Danke

Oma

DER Lebens GEFÄHRTE
REDNER & BEGLEITER

Vorwort

Das Leben ist ein einziges großes Würfelspiel voller schöner und unangenehmer Überraschungen.

Das Leben besteht darin, zu lernen oder Vertrauen in etwas zu gewinnen, das größer ist als man selbst, was dazu führt, dass man akzeptiert, dass man nicht alle Antworten haben kann. Und das ist in Ordnung.

Das Leben kommt allmählich an den Punkt, an dem man erkennt, dass es bei den meisten Dingen darauf ankommt, ein Gleichgewicht zu finden.

Mein Weg
Meine Geschichte

Hinweis auf Gendern und die neue Rechtschreibung:
In diesem Buch wird grundsätzlich auf das Gendern verzichtet, im Sinne der besseren Lesbarkeit und des Sprachverständnisses.

Santiago de Compostela
Lissabon

Countdown

Es ist der 15.09.2022. Eine Woche vor der Abfahrt steht mein Entschluss fest - ich gehe! Ich mache mich auf den Weg, bestelle den Pilgerpass in Wien und mache mir Gedanken, ob es sich zeitlich mit der Übermittlung ausgehen wird. Tatsächlich erhalte ich zwei Tage vor der Abfahrt den Pilgerpass - erfreut spende ich 50 Euro.

Ich hänge mir eine Kette mit den Eheringen meiner Großeltern (beide sind bereits verstorben) und einer Phiole von Emma (meine Golden Retriever Hündin, die im Vorjahr nach 15 Jahren über die Regenbogenbrücke gegangen ist) um den Hals und bin den Tränen nahe!

Ich beginne, mein Gepäck zu organisieren. Was benötige ich und was nicht? Spannend finde ich, wie oft man seine Sachen in die Hand nimmt und hinterfragt, ob all diese Teile wichtig sind. Letztendlich hat mein Rucksack ein Gewicht von elf Kilogramm. Meine Trackingschuhe bekommen das „Kärnten Band" umgebunden und an der vorderen Seite meines linken Schuhes befestige ich meinen „DLG Pin" (DLG - Der LebensGefährte). Das „Klagenfurt Armband" ziert mein rechtes Handgelenk.

Am letzten Tag vor meiner Abfahrt kommt meine liebe Freundin und Schauspielkollegin Anna bei mir zu Hause vorbei und bringt mir ein nettes „Reisegeschenk" mit. Ich freue mich riesig. Es ist etwas zum Naschen, etwas zum Lesen und etwas zum Anziehen. Eine Tafel Schokolade, auf der sich ein paar lustige bunte Socken inklusive einer Karte befinden.

Es ist Freitag, der 23.09.2022 und ich stehe am Klagenfurter Flughafen zum Abflug bereit. Beim Check-in muss meine Power-Bank aus dem verschlossenen und verpackten Rucksack wieder raus und ich vergesse dadurch die Board-Card mitzunehmen. Beim Security-Check werde ich deshalb dann nochmals zurück zum Check-in geschickt.

Wir landen wenige Minuten später in Wien.

Ich gehe natürlich mit „der Herde“ zu den weiteren Gates und vergesse dabei, meinen Rucksack vom Gepäckband zu holen. Also zurück den Rucksack holen und ab in die Stadt mit dem City-Train.
Um 08:15 Uhr will ich mir den ersten Stempel im Stephansdom holen. Leider pflegt die katholische Kirche ausschließlich zu christliche Zeiten zu arbeiten. Der Securitymitarbeiter im perfekten Englisch: Please later - neun - later - also neun Uhr - später - later!
Ich beschließe kurzfristig ein Café aufzusuchen, um zu frühstücken und bestelle mir dort ein Josephs-Brot Frühstück mit Biomarmelade. Produziert wurde die Biomarmelade wahrscheinlich vom heiligen Joseph persönlich.
Eine Stunde später ist es so weit, ich betrete den Stephansdom, um mir den ersten Stempel zu holen. Der typische Stempelklang dröhnt durch den Raum und schon bin ich stolzer Besitzer eines verkehrt herum gestempelten Doms als Beweis meiner Pilgerreise. Ich übe aber Nachsicht mit den Wienern, die sind auch gerade erst aufgestanden.

Es geht zurück zum Flughafen und ich stehe um 10:45 Uhr zum Einchecken bereit. Mein Rucksack geht als Handgepäck durch, soweit die Auskunft des Flughafenpersonals. Knapp vor Mittag bin ich nach 3-maligem Security-Check schweißgebadet.

1. Check. Der Security-Mitarbeiter fragt: Haben Sie Cremen oder Flüssigkeiten? Ich: ja! Bitte extra in einem Beutel geben, werde ich aufgefordert. Habe ich erwähnt, dass der Rucksack mit dem Regenschutz und Tesaband verklebt ist? Gut kann ich ja jetzt herunternehmen, weil er ja als Handgepäck gilt. Ich muss aber aus der Warteschlange raus und zurück zum Anfang, denn hier befinden sich die Abstelltische. Also Rucksack entpackt und Flüssigkeiten in den Beutel.

2. Check. Anstellen in der Warteschlange. Ich stehe schließlich vor dem gleichen Typen. Er: Aber ihre Flüssigkeiten und Cremen haben mehr als 100 Milliliter! Ich: Deshalb wollte ich ja den Rucksack als Gepäckstück aufgeben. Er: Das muss alles weg. Ich: Sicher nicht. Ich werde hinausbegleitet, um

den Rucksack als Gepäckstück aufzugeben.
Nur er ist jetzt nicht mehr mit dem Regenschutz und den Tapes verpackt. Ich spaziere zu einem Foliergerät. Gerade als ich es betätigen wollte, höre ich eine männliche Stimme: Moment der Herr, bitte nicht selbst. Er übernimmt und kassiert 15 Euro. Während des Foliervorgangs sag ich noch: Bitte die Träger vom Rucksack freilassen, damit ich ihn tragen kann. Er schließlich: Bitte sehr der Herr! Ich: Wie soll ich den Rucksack jetzt tragen, wenn alles foliert ist? Oh, meint er und zieht die kleine Schlaufe am Oberteil des Rucksacks heraus. Bitte schön! Ich soll elf Kilogramm mit einem Finger heben? Er: Sie schaffen das mein Herr, Sie sind groß und stark. Ich möchte zahlen, fragt er: Bar oder Karte? Ich: Was ist Ihnen lieber? Er: Mit Karte geht bei mir in bar bitte vis-a-vis an der Kasse. Kurzer Blick zur Kasse über die Köpfe der anstehenden Menschenansammlung hinweg. Ich zahl mit Karte.

3. Check. Weiteres Anstellen zum Security-Check. Es folgt ein kurzer Stopp, knapp, bevor ich durch diesen Sicherheitsbogen durchmuss. Dann kommt die Order: Bitte alle Frauen zuerst auch die, die hinten in der Schlange stehen. Ich warte. Wo bleibt da die Gleichberechtigung?

Bei 25 Grad landen wir am späten Nachmittag in Lissabon. Mit der Metro gehts unkompliziert vom Flughafen in die Stadt. Nicht mehr ganz so unkompliziert ist das Zimmer zu finden. Mein gebuchtes Zimmer, das sich später als Bettbuchung in einem Zimmer mit vier Betten herausstellt, ist eines auf den Hügeln von Lissabon. Bumm, zack, so Schweiß, so gut.

Schnell noch zur Catedral Sé Patriarcal und den zweiten Stempel abgeholt. Hunger und Durst machen sich bemerkbar. Also nichts wie rein in die Stadt. In einer kleinen Seitengasse finde ich ein lässiges Lokal mit cooler Crew aber ohne Sitzplatz. Der Chef fragt: Sorry - sem reserva - no reservation? Und dass es schwierig sei, bei diesem Andrang einen Tisch für nur eine Person herzugeben.

Ich in meinem fließenden Englisch: Oh Shit, any other place for an Carinthia Boy from southern part of Austria? Er: Ah Austria! Not Germany! Please come with me…
Ich genoss die fantastische Küche nach „Portugués Art" und auch das gekühlte „Cerveja" ist sehr zu empfehlen.

Santiago de Compostela
Alverca do Ribatejo
Lissabon

1. Tag
Pepe‘s Armband

Ich beginne meinen Tag um 06:30 Uhr.
Um 07:15 Uhr treffe ich Pepé am Weg zur Cathedrale. Ich gehe nochmals hin, da es dort den ersten Hinweis zur Reise gibt. Pepe ist Portugués und spricht weder Deutsch noch Englisch. Die nächsten 15 Minuten prasselt eine riesige portugiesische Sprachlawine ohne Punkt und Komma auf mich nieder. Pepe ist wohl so um die 65 Jahre alt. Was ich aber verstehe ist, er trifft sich mit seinem Kollegen um 07:30 Uhr bei der Cathedrale.
Wir nehmen die letzte Kurve auf diesem Weg und tatsächlich, sein Kollege wartet bereits. Glückselig greift er auf meine Schulter, mit der anderen Hand greift er in seine Tasche und holt ein Caminho-Armband heraus. Neun einzelne bunte Fäden mit einem zusätzlichen, etwas stärkeren Faden und einen weiteren Faden, auf dem sich der berühmte „gelbe Pfeil" befindet. Er überreicht es mir, bindet es um mein Handgelenk und wünscht mir „Bom Caminho".
Ich verabschiede mich ebenfalls mit einem „Bom Caminho" und denke auf den ersten Metern nochmals über diese Begegnung nach. Ausgerechnet am Start geschieht diese wunderbare Aktion. Ein Zeichen?

Start 07:30 Uhr
Erinnerungen an meine Zeit als Entertainment Manager auf dem Schiff werden wach, während ich im Hafen dem Sonnenaufgang entgegen marschiere.

Langsam erwacht auch Lissabon. Einige Läufer sind bereits unterwegs und vor einem Hafengebäude stehen schon sehr viele junge Leute. Es stellt sich heraus, es handelt sich hier um typische Nachteulen, die vor einer Disco stehen und sich tatsächlich erst auf den Heimweg machen.

Ich komme in den neuen Stadtteil von Lissabon, gehe unter der Gondelbahn entlang. Aus meiner Erinnerung weiß ich, dieser Bereich müsste der ehemalige Expo Bereich sein, mit diesem Hotel, dass einem Segel gleicht.Ich marschiere den Fluss Tejo entlang. Dieser fließt in Ost-West-Richtung durch Spanien und Portugal und ist mit circa 1007 Kilometern der längste Fluss auf der iberischen Halbinsel.

Kurz danach gestatte ich mir nach den ersten 1,5 Stunden eine kleine Pause mit Kaffee, Croissant und einem frisch gepressten Orangensaft, ich blicke auf den Tejo.
Wieder auf dem Weg, verlasse ich den Fluss und biege nach links ins Landesinnere ab.

Ich gehe jetzt einige Zeit allein und entdecke alle Hinweise. Schon passiert es. Kurz mal gedankenverloren und nicht aufgepasst habe ich das Gefühl, falsch abgebogen zu sein. Ich mache kehrt, gehe nochmals zurück. Wie ich es mir gedacht hatte, war ich falsch abgebogen. Was sagt mir das? Manchmal ist es besser, einen Schritt zurückzumachen, durchatmen, sich sammeln und fokussieren. Sonst kann es schon mal passieren, dass man den Wald voller Bäume nicht mehr sieht. Vor mir ganz klar und auf weißem Hintergrund mit dem Hinweis rechts abzubiegen, der gelbe Pfeil inklusive Muschel. Ich biege jetzt erst mal auf einen Feldweg ab und marschiere wieder ein paar Minuten allein.

Einige Radfahrer überholen mich oder kommen mir entgegen. Es kristallisieren sich zwei Arten von Radfahren heraus. Die einen lächeln, winken und grüßen dich mit „Dias“, und die anderen sind deutsche Urlauber.

Plötzlich höre ich Musik. „Use Me“ von Bill Withers. Ich frage mich, wo kommt denn das jetzt her? – Mein Handy hat sich in meiner Hose verselbstständigt und Musik angemacht.
Nach fünf Stunden und einer 30-minütigen Pause erreiche ich GRANJA. Ich stehe vor der kleinen Brücke und überlege, ob ich rechts oder links gehen soll. Ein Jogger bleibt stehen und fragt mich, ob alles OK sei. Ich möchte nach ALPRIATE. Er meinte, der rechte Weg gehe direkt weiter, aber am linken Weg gibt es Restaurants. Ich gehe links.

Weitere 30 Minuten benötige ich bis Alpriate. Ein immer wiederkehrender zarter Wind sorgt für Erfrischung auf dieser Etappe. Zeitweise sehe ich auch stark verschmutzte Wege.
Also, liebe Portugiesen, seid doch beim Umweltschutz und Vermeidung des Mülls auf den Landstraßen und Wegen genauso Europameister wie im Fußball. Und bitte nicht

umgekehrt. Selbst dann würden wir Österreicher nicht gegen euch gewinnen.

Nach einem Getränk gehts innerhalb einer Stunde von Alpriate nach POVOA. Irgendwann blickt man zu Boden und marschiert und fängt Spiele an zu spielen, wie zum Beispiel, wie viele Schritte sind es von einem Betonabschnitt zum nächsten.
Mein Monk in mir rebelliert. Einmal sind es vier, dann wieder fünf Schritte. Es nervt. Ich singe! Natürlich nur für mich. Zählt der Schritt noch, wenn man den Trennabschnitt betritt? Ich frage für einen Freund. Huch, ich bin wieder am Tejo.

Kurz blicke ich auf und werde mit einem letzten Teilabschnitt des Tages belohnt. Es beginnt ein Holzpfad, der bis nach AVERCA führt. Bevor es aber dazu kommt, entdecke ich rechts Lisboa und denke mir: Warum musste ich gerade sieben Stunden durch die Prärie? Warum machen sie den Weg nicht gleich am Tejo entlang? Egal. Ist wahrscheinlich auch so ein Zeichen. Kuttnig, ein bisserl a Geduld musst du schon mitbringen. Voller Freude gehe ich am Pfad weiter.

Tja, zu früh gefreut, als ich die nächste Stadt erblicke, hält mich ein charmantes Kerlchen im hellblauen Shirt und Kappe auf und zwingt mich zu stoppen. „Sorry Radrennen - Sie müssen zurück!" WTF the hole way back? Yess Mr.! Die Radler sollen sich einen Wolf fahren, denke ich mir leicht erregt. Schnell ein Foto mit dem Inspectore und zurück gehts. Ein Zeichen? Ich neige dazu, den Zufluss zum Tejo zu durchqueren, um so den Retourweg abzukürzen. Vernunft oder besser gesagt das Alter siegt. Ich tue es nicht.

Nur so am Rande. Ich gehe jetzt also wieder Richtung Lissabon zurück. Mal schauen, wie lange mein heutiges Mindset noch mitspielt.
Ein Zeichen? Ich denke jetzt „Ja".

Ich muss pro Etappe nicht mehr Kilometer gehen als notwendig und vorgeschlagen. Ich suche mir jetzt ein

Zimmer.

Und schon laufen mir die beiden Studentinnen Beatriz und Sofia über den Weg. Durch die Absperrung und dem dadurch nötigen Umweg benötige ich kurz Hilfe. Und ja, Männer können nach dem Weg fragen. Gesagt, getan und ein Hotelzimmer dank deren Hilfe gecheckt. Sie waren so nett und haben mich via Telefon in dem Hotel vorangekündigt.

Nachtrag: Ich dachte, das wars für heute. War es nicht. Es gab Käfer im Papiereimer im Zimmer.

1. Tag: 8 Std. / 2 Std. Pause / ca. 30 km (+ 2 km Umweg wegen Sperre)

Santiago de
Compostela
Vila Franca de Xira
Alverca do Ribatejo
Lissabon

2. Tag
Take your Time

Wecker ertönt um 07:30 Uhr, um 08:00 Uhr gibt es Frühstück in der Unterkunft. Ich öffne das Dachflächenfenster und die Sonne lacht mir entgegen, welch herrlicher Start in den Tag. Ich war auch gespannt, wie es mir heute gehen wird, nachdem ich gestern länger als erwartet unterwegs war. Ich denke, es geht. An manchen Stellen macht sich aber mein Körper bemerkbar, wo ich nicht mal wusste, dass ich Stellen hab. Jetzt noch schnell duschen, Rucksack packen und losgeht es.

Start 09:00 Uhr
100 Meter nach meinem Start in den zweiten Tag, sehe ich rechts von mir das „Elite Fitness" Studio und muss schmunzeln. 300 Meter weiter sogar ein zweites „Fitness Hut" genannt.
Ach Leute, geht doch einfach den Caminho, da macht ihr was für Körper, Geist und Seele. Folge weiter den Hinweisen wie in meinem Reiseführer beschrieben. Ich komme am Cemitério Alverca vorbei und spüre dabei ganz stark meine Halskette. Oh fuck. Schon schießen mir die Tränen ein. Ich merke schon, mein heutiges Tempo ist geringer als gestern.

An der Stadtgrenze komme ich bereits in den „Multiflow" – ja, ja, so schnell kann es gehen. Kleiner Scherz am Rande. Ich stehe vor einer kleinen Ladehalle eben mit dem Namen „Multiflow. Hier gibt es erstmals wieder „gelbe" Zeichen. Wie beruhigend so etwas wirken kann.
Ein kurzer Blick auf die Uhr und ich bemerke, dass ich schon eine Stunde unterwegs bin.

Seit 1,5 Stunden unterwegs und keinen Kaffee-Duft in der Nase, geschweige denn einen richtigen Kaffee in mir. Ich spaziere an einer Fabrik mit gelb-blauen Zaungittern entlang. So etwas nenne ich mal Identifikation. „Energy flowes where the focus goes" heißt es doch, und es stimmt. Mittlerweile ist man schon so stark auf die Farben Gelb und Blau fokussiert, dass diese aus der Entfernung bereits erkannt werden: Gelber Pfeil oder gelbe Muschel auf blauem Hintergrund.

Kurze Zeit später bin ich in ALHANDRA angelangt. Die Palmen-Allee am Strand erinnert mich an Beverly Hills oder Cannes. Ich lege eine Pause ein. Noch immer kein Kaffee-Duft in meiner Nase. Hoffentlich bekomme ich hier in Strandnähe einen Kaffee. Endlich eine kleine Bar, an der Türe hängt ein Schild mit der Aufschrift „Sorry closed". Ich gebe nicht auf und suche weiter.

Geschafft. Am Ende der Strandpromenade gibt es ein Café neben dem örtlichen Ruderverband. Ich genieße einen topp Kaffee und Pastachia Vanille.

Nach mehr als einer halben Stunde Genuss gehts weiter. Links von mir eine Handvoll Scooter. Die sind wirklich schon überall angekommen, sage ich leise zu mir. Diese Dinger stehen auf der ganzen Welt im Weg herum, oder besser gesagt liegen herum.

Ich gehe einen neu angelegten Weg am Ufer entlang. Rechts in einer Wiese steht auf einem Stein „take your time" und links vom Weg ein gemaltes Bild, das einen Pilger darstellt. Ich scheine am richtigen Weg zu sein.
Und ja, ich habe es heute schon mal erwähnt, dass ich mich dem Caminho-Rhythmus anpasse und nicht umgekehrt.

An meiner rechten Seite der Tejo. Uns trennt nur ein durchgehender „sauberer" Schilfgürtel bis VILA FRANCA DE XIRA. Als ob sie mein Flehen wegen der Verunreinigung gehört hätten. Es ist ein superschöner sauberer Abschnitt.

Es wird ja gesagt, es gebe von einem selbst acht Doppelgänger auf dieser Welt. Ich habe schon mindestens den zweiten Doppelgänger einiger meiner Bekannten und Verwandten in den beiden Tagen hier gesehen.

Rechts von mir erscheint ein aufgemauerter Backofen, der einem kleinen Häuschen ähnelt und mich schlagartig an das Märchen mit Frau Holle erinnert.

Es verlor die Besinnung, und als es erwachte und wieder zu sich selber kam, war es auf einer schönen Wiese, wo die Sonne schien und vieltausend Blumen standen. Von dieser Wiese ging es fort und kam zu einem Backofen, der war voller Brot; das Brot aber rief: "Ach, zieh mich raus, zieh mich raus, sonst verbrenn ich: Ich bin schon längst ausgebacken." Da trat es herzu und holte mit dem Brotschieber alles nacheinander heraus.

Oder an Hänsel & Gretel, als die Hexe in den Ofen geschubst wird. Ob die beiden Märchen der heutigen Zeit noch standhalten? Also einerseits muss eine alte Frau schwer arbeiten und andererseits wird eine Frau verbrannt.
Die Bilder beider Märchen im Kopf gehe ich weiter und langsam erscheint in der Ferne ein gelbes Gemäuer.

Minuten später sehe ich links von mir die gelbe Stierarena als Zeichen, dass ich nach drei Stunden (inkl. Pause) in Vila Franca de Xira angekommen bin.
Gleich daneben angrenzend liegt der Friedhof. Ich stelle mir natürlich sofort die Frage, ob der Friedhof für die Stiere oder Toreros ist?

Noch eine kleine Rechtslinkskurve und ich bin da. Moment mal. Ich sehe unsere gelben Zeichen an der Kaimauer und gleich dahinter im Wasser schippert ein Kahn voll besetzt mit Menschen an mir vorüber. Gibt es hier womöglich einen geheimen Seeweg des Caminho Portugués entlang des Tejo?

Egal, ich biege nach links in die Stadt ab und werde mir eine Bleibe suchen. Ich möchte mir natürlich vorher in der Kirche, die an den besagten Friedhof grenzt, einen Stempel abholen.
„No, sorry Sir no Church! Cemiterio for Solders. Damit ist meine Frage, ob Stier oder Torero auch beantwortet!

Rechts von mir sehe ich das Restaurant „Sancho Panca". Es erinnert mich an mein bereits angefangenes, aber noch nicht zu Ende geschriebenes Kabarettprogramm.

Im Suites & Apartments DP finde ich eine Bleibe für heute. Ich entscheide mich nicht für ein 35, sondern für ein 50 Euro teures Zimmer und bin dafür für mich allein.
Da ich früher als erwartet in der Unterkunft angekommen bin, warte ich eine knappe Stunde aufs Zimmer. Nummer acht wird es werden. Klein, fein und sauber. WC & Dusche mit Minibalkon und Blick auf den Platz. Herz, was willst du mehr. Nach dem gestrigen intensiven Tag gönne ich mir heute eine kleine Verschnaufpause. Ich mach mich zum Duschen bereit und bemerke, ich ziehe eine Röte auf. Keine Schamröte, aber immerhin auf meinen Armen und im Gesicht. Merke: schlecht eingecremt, macht rote Haut. Es brennt Gott sei Dank nicht und sagt mir somit: morgen früh – „vor" dem Abmarsch eincremen, nicht vergessen.

Ich habe eine Stunde geschlafen. Kurz duschen und dann gehe ich ins Zentrum, um etwas zu essen. Ein Vorhaben, dass nicht so einfach funktioniert. Eine knappe Stunde irre ich umher, bis mir einfällt, dass heute Sonntag ist. In einer Konditorei bekomme ich einen Toast. Abend gerettet. Bauch voll.
Zumindest vorerst. Ich spaziere noch durch die Stadt und dabei fällt mir punktuell immer wieder so ein Bretterverschlag entlang der Straßen und Gassen auf. Eine Art Barriere oder Sicherheitszaun.
Ich frage nach und erfahre, dass diese Bretterverschläge tatsächlich der Sicherheit dienen, wenn die Stiere durch die Gassen getrieben werden. Stellt sich die Frage, wer muss hier vor wem geschützt werden muss.

Kurz vor meiner Einkehr in die heutige Bleibe macht sich mein Süßigkeiten liebender Gaumen bemerkbar. Ich erinnere mich an einen Snack- und Getränkeautomaten im Foyer und freu mich gleich da zu sein.

Ein KitKat lässt mein lukullisches Herz höherschlagen. Münze eingeworfen, Spirale bewegt, Schnitte gewählt, gleich ist sie drei, zwo, eins meins. Bitte, was ist jetzt los? Sie fällt nicht runter in den Schacht. So etwas kann auch nur mir passieren. Ich gehe zum Tresen und bitte den etwas skeptisch dreinblickenden Rezeptionisten um Hilfe: „Please help, my Chocolate stopped“. Er kommt hervor und rüttelt kräftig am Automaten und mein KitKat fällt in den Schacht. „Sweet dreams, Mister.“ Ich lächle zufrieden und gehe auf mein Zimmer, schalte den Fernseher ein und sehe *Rambo III in Originalfassung mit portugiesischen Untertiteln. Das ist übrigens mein erstes und letztes Fernsehen auf meiner Reise.

Rambo III (1988)
Um seinen Frieden wiederzufinden, hat sich John Rambo in ein buddhistisches Kloster zurückgezogen. Währenddessen wird sein ehemaliger Vorgesetzter in Afghanistan von einem sadistischen russischen Offizier gefangen genommen. Rambo verlässt daraufhin das Kloster und stürmt gemeinsam mit afghanischen Rebellen die Felsenfestung der Sowjets.

Alter Schwede, wie lange ist das denn her? Am Ende schalte ich auf den Informationssender DW um. Deutsche Welle, ich dachte immer, das wäre die Musik aus den Achtzigerjahren.

2.Tag: 2,5 Std. / 0,5 Std. Pause / ca. 10 km

Santiago de Compostela
Azambuja
Vila Franca de Xira
Alverca do Ribatejo
Lissabon

3. Tag
Little Hollywood

Ich werde um 6:30 Uhr wach und freue mich heute auf eine etwas längere Etappe. Es geht nach VALA DIO CARREGADO über VILA NOVA DE RAINHA nach AZAMBUJA. Zuerst aber gilt es zu duschen und dann: Kaffee.
Spannend, die Idee mit dem Duschen haben gerade alle. Punkt sieben Uhr muss geduscht werden, darum gibt es keinen Wasserdruck. Vorerst. Zehn Minuten später ist der Wasserdruck wieder da. Ich hoffe beim Kaffee ist es nicht ähnlich! Nein, ist es, Gott sei Dank nicht. Es ist ein perfekter Kaffee.
Als ich gehen möchte, höre ich: „You like Chocolate“, sehe einem lächelnden Mann in die Augen und verabschiede mich – ohne Schokolade.
Was mir noch generell auffällt, ist, dass es hier überall Desinfektionsmittelständer gibt.

Start: 08:00 Uhr
Fünf Minuten bin ich unterwegs und am Ende der Stadt erblicke ich links auf einem Hügel „Klein Hollywood“. Schon bin ich in Gedanken bei meiner Tochter, die ich 2014 nach ihrem Auslandsjahr abgeholt habe. Vor der Heimreise haben wir noch eine gemeinsame Woche Urlaub in Los Angeles angehängt. Eine supercoole Zeit mit Mattea.

Ich gehe wieder der Sonne entgegen. Das gleichnamige Lied zur Serie "Der Sonne entgegen", frei wie der Wind kommt mir in den Sinn und bleibt auch dort. Ich summe es die ganze Zeit vor mich hin.

„Der Sonne entgegen“ ist eine österreichisch-deutsche Fernsehserie über vier Aussteiger, die sich nach Jugoslawien absetzen. Gedreht wurde die Serie 1984 bis 1985 in Valun, einem Fischerdorf auf der Insel Cres in Kroatien. Es wurden zwei Staffeln von jeweils sechs Folgen produziert. Unterwegs waren die vier Männer mit dem Schiff Namens Tohuwabohu.

Eine Stunde bin ich unterwegs und bin noch keinem Radfahrer oder Läufer begegnet. Vielleicht hängt das damit zusammen, dass heute Montag ist und alle brav in der Arbeit sind.
Ich drehe mich um und sehe zum ersten Mal nicht mehr

Lissabon am Horizont. Dafür übersehe ich fast die ersten handgemalten, übereinandergestapelten Steine mit den gelben Hinweisen.

Fünf Minuten später sehe ich dafür in 200 Meter Abständen zwei große angehäufte Steinansammlungen. Als Pilger würde ich meinen zur Mitnahme, um einen dieser Steine nach Absolvieren des Caminhos in Santiago abzulegen.
Als Trauerredner würde ich meinen, es sind zwei Gräber; ach lassen wir das.

Leider stelle ich fest, dass die Müllgeschichte am Straßenrand ihre Fortsetzung findet.
Nach einer Stunde des Gehens befindet sich der Bahnhof „CASTANHEIRA DO RIBATEJO" auf meiner linken Seite. Kurz nach dem Bahnhof sehe ich den ersten „Peregrino". Er macht Pause, sitzt am Straßenrand und hat seine Schuhe ausgezogen. Ich frage ihn „you need help"?
„Oh no" kommt es zurück und er gibt mir zu verstehen, ich könne weitergehen. „Bom Caminho."

30 Minuten später komme ich in VALA DO CARREGADO an. Es geht über den Bahnhof rüber auf die andere Seite. Hier mache ich eine Kaffee-Pause.
Kurzer weiterer Geschmacksoutput von mir: Bei meinen Café Pausen habe ich meist auch ein Pepsi Cola getrunken. Heute, am Tag drei meines Weges und mit Anreise Tag vier in Portugal, bekomme ich erstmals ein Coca-Cola. Ich sag euch was. Pepsi schmeckt besser und ist irgendwie erfrischender. Bitte kommt mir jetzt nicht mit dem Zucker usw. Hier am Caminho geht es um Genuss. Wie fast überall Kaffee und Cola 1,80 Euro. Ich sitze gemütlich vor der Bar und da kommt auch der vorher genannte „Peregrino" lächelnd an mir vorbei.

Es ist 11:00 Uhr und ich höre bei meiner Ankunft in VILA NOVA DARAINHA die Glocken läuten. Ich finde diesen Empfang total in Ordnung. Zu früh gefreut. Das Glockengeläut galt nicht wirklich mir und einen Stempel gibt es bei der Kirche auch nicht, denn diese scheint geschlossen zu sein. Ich frage mich also, wer die Glocken geläutet hat? „Lach."

Ich gehe über die Hauptstraße zu einer etwas größeren Caminho Tafel. Links davon gibt es eine Snack Bar und einen Stempel sowie die dazugehörige Pause.
Mit diesem „Carimbo" ist meine erste Seite mit sieben Stempeln komplett. Solch vermeintlich kleine Dinge können einen schon zum Lächeln bringen.

Es scheint hier ein neuer, sicherer Weg entstanden zu sein. Rechts runter zum und dann über den Bahnhof – also nicht der voll mit LKW überladenen Hauptstraße entlang.
Ich marschiere parallel den Bahngleisen entlang. Für alle Psychologen unter uns: Frag mich, ob das fürs Mindset gut ist, wenn immer wieder Züge neben dir vorbeidonnern und du selbst zu Fuß gehst?

45 Minuten später bin ich am Bahnhof von AZAMBUJA. Denkst aber nur, Herr Kuttnig. Ich vermutete schon, ich wäre Speedy Gonzales. Knappe sechs Kilometer in 45 Minuten! Na ja, hätte ja sein können, durch die neue Strecke, nicht der Hauptstraße nach. Aber trotzdem, es ist nur ein Vorort. Es geht noch weitere 45 Minuten weiter und vor mir sehe ich Umrisse eines neuen „Peregrinos". Im Ort Azambuja habe ich „Sie" eingeholt. Rebecca aus Kalifornien mit einem Mini-Rucksack am Rücken. Ich denke mir meinen Teil und wir fangen an, miteinander zu sprechen. Sie erzählt mir von einer privat gebuchten Unterkunft mit Pool und suche diese jetzt via GPS. Wir verabschieden uns, und ich gehe gleich rechts zum ersten Hotel an der Straße. Leider ausgebucht. Als ich wieder auf die Straße trete, steht Rebecca vor mir. Sie war die ersten Meter in die falsche Richtung gegangen. Die Vorstellung, ebenfalls diese Unterkunft mit Pool aufzusuchen, veranlasst mich blitzschnell ihr mein Geleit anzutragen. Sie hat gebucht, ich nicht! Macht nichts, heute habe ich Glück, sage ich zu mir und wir gehen los. Leicht, aber stetig bergauf. Irgendwann nimmt Sie ihr Navi zur Hand und sagt „only two point four". Ich denke mir, OK, noch 2,4 Kilometer. Es stellt sich dann aber heraus, es waren Meilen gemeint. Nach mehr als fünf Kilometern kommen wir an.

Großartige Anlage, tolle, lang gezogene Einfahrt in fast

weißem Kiesbett und dezenter Allee: „Casa do Alfaro". Ich rieche den Pool förmlich. Wir sehen Arbeiter, die am Haus arbeiten und ich ahne Schlimmes, das sich bewahrheitet: Es steht nur ein bestimmtes Kontingent zur Verfügung.

Habe ich schon erwähnt, dass sie gebucht hatte, ich aber nicht?
Plötzlich meint Rebecca: „Ach, da ist ja mein Gepäck". Ich erblicke einen großen und einen kleineren Koffer. Ich traue meinen Augen nicht. Sie lächelt und erklärt mir, die komplette Reise ist mit Unterkünften vorgebucht und die Gepäckstücke werden ebenfalls dorthin transportiert. Alles über eine Agentur gecheckt. Diese Amis, denke ich mir.
Apropos Amis – Houston wir haben ein Problem. Und zwar ein Zimmerreservierungsproblem. Sonja an der Rezeption versucht zu helfen. Wir einigen uns darauf, dass ich kurz den Pool benützen darf und dann bei ihr an der Rezeption ein Taxi bestelle, um wieder in die Stadt zu gelangen. „Zwecks einer Unterkunft warats gwesn." Ich also in den Pool, traumhaft, bleibe noch einen Moment in der Sonne liegen. Rebecca scheint ihr Zimmer bezogen zu haben. Ich ziehe mich wieder an und gehe an die Rezeption. Sonja erscheint und wir beide versuchen uns in Englisch und Portugiesisch auszutauschen. Ich ersuche sie, ein Taxi und vielleicht ein Zimmer in der Gegend für mich zu bestellen. Das Taxi kommt in einer Stunde und Zimmer gibt es keines in der Gegend, also schlafe ich heute schon erstmals in einer „Albergue".
Nach dieser Nachricht meine ich lapidar: „Na Gott sei Dank ist das geklärt". Sonja schaut auf und fragt mich, ob ich Deutscher bin. Österreicher kommt es wie aus der Pistole geschossen, aber ja, ich spreche Deutsch. Schon erzählt sie mir von ihrer Zeit in der Schweiz in bestem Schweizerdeutsch. Die Stunde verfliegt wie im Nu, und schon sitze ich im Taxi Richtung Unterkunft.

Die Taxifahrerin erzählt mir, sie wäre auch bereits in Santiago gewesen, macht eine kurze Pause, blickt in den Rückspiegel, und wir beide sagen gleichzeitig: „with the Taxi" und prusten drauf los.
Es macht zehn Euro und ich bin da. Jorge erwartet mich. Ein

witziger, liebenswerter Typ. Er erklärt mir alles und gibt mir den Code für die Eingangstüre, denn er muss pünktlich um sieben Uhr zu Hause sein. Ich schaue ihn an und frage ihn, ob er verheiratet ist. Er überlegt kurz, sagt ja und wir lachen beide drauf los. Ehrlich jetzt, ich habe lange schon nicht mehr so viel gelacht wie heute.
Ich beziehe mein Bett im wahrsten Sinne des Wortes, wasche noch schnell meine heute getragenen Sachen und hänge diese auf, überlege noch etwas essen zu gehen. Da fällt mir ein, Rebecca gab mir einen Müsli-Riegel mit auf den Weg. Der findet jetzt seinen Weg in meinen Mund.
Mal sehen, was heute noch kommt.
Ich lerne noch Raphael aus Canada kennen. Er geht den Caminho mit seiner 85-jährigen Mutter. Sie wartet in Porto auf ihn, um dann gemeinsam die restlichen Kilometer zurückzulegen.

Es kommt noch Kim Son aus Südkorea dazu. Er hat sich leider am Bein verletzt und muss nach zwei Tagen schon wieder zurück. Er lebt und arbeitet zeitweise in München und versteht deshalb auch Deutsch. Raphael und ich dürfen ihn Kimi nennen. Er lächelt in einer Tour und hat mich schon drei Mal nach meinem Namen gefragt. Vielleicht nimmt er schmerzstillende Mittel. Nein, er verwendet keine Schmerzmittel, er ist einfach ein netter Typ. Wir gehen zu dritt eine Kleinigkeit essen. Der erste Stopp für den Kanadier, den Süd Koreaner und den Österreicher liegt auf dem Weg zum eigentlichen Restaurant. Eine Bar wird von uns auf ihre Bierqualität überprüft und für gut befunden. Danach geht es weiter zum ausgewählten Lokal.

Auf der Karte finden wir mediterrane Küche und auch Pizza. Ich möchte eine Pizza. Der Chef sieht mich mit großen Augen an und versucht mir zu erklären, die Pizza würde eine Stunde benötigen. Da ist mir klar, das kann kein Italiener sein und so schwenke ich auf Putenfleisch um. Wir sind sehr zufrieden mit dem Essen und gönnen uns einen Liter offenen weißen Hauswein. Wir unterhalten uns prächtig und beschließen um 22:00 zurück in Herberge zu kehren. Guats Nächtle.

Ich kann noch nicht schlafen und finde eine App auf meinem Handy, wo ich mein Tagebuch nicht im Notiz-Programm schreiben muss, sondern im Docs von Apple schreiben kann. Und hier gibt es sogar eine Statistik von dem bis jetzt Geschriebenen.

Wörter zählen 4076 - Wörter mit Leerzeichen 24562
Wörter ohne Leerzeichen 20682

Ich und mein Handy zählen Wörter, andere Schafe, um einzuschlafen. Jetzt aber hoffentlich guats Nächtle.

3. Tag: 4,5 Std. / 0,5 Std Pause / ca. 18 km
+ 1,5 Std. gehen / ca. 6 km mit Rebecca.

Santiago de
Compostela
Santarém
Azambuja
Vila Franca de Xira
Alverca do Ribatejo
Lissabon

4. Tag
Santa-Claus-rem

Das war nichts letzte Nacht. Wenig Schlaf. Dafür erhalte ich die Nachricht, mein Zimmer in Santarém ist reserviert. So schnell kann es gehen und der Tag beginnt doch positiv. Also runter von der Matte, duschen, Zähne putzen und los gehts. Ich verabschiede mich noch von den Jungs. Den ersten Kaffee soll es erst in der Pause geben, da heute knappe 33 Kilometer am Plan stehen.

Start: 08:00 Uhr
Anscheinend bin ich schon so gechillt und so weit von Social Media entfernt, dass ich mein Handy in der Herberge vergesse. Also nochmals zurück. Daraufhin ändere ich meinen Plan und trinke gleich einen Kaffee, um munter zu werden: Kaffee, Croissant, kleine Flasche Wasser, Dose Ice Tea um 4,50 Euro.

Wirklicher Start: 08:30 Uhr
Es geht über die blaue Brücke entlang dem Fluss, und schon sind wieder gelber Pfeil und Muschel sichtbar. Die Portugiesen scheinen sehr sportlich zu sein. In vielen kleinen Parkanlagen entlang der Strecke befinden sich fix installierte Sportgeräte.

Apropos Sport. Ich dachte, ich nehme ein wenig ab auf dieser Strecke. Gerade eben wollte ich den Gurt meines Rucksacks um meinen Bauch fixieren. Da hat wohl jemand den Gurt heimlich in der Nacht angezogen. Nach circa 30 Minuten kommt mir mein eben erst eingesungenes Lied "Vergiss mein nicht" in den Sinn und ich trällere frisch drauf los. Ich bin gespannt, wie es letztendlich wird. Im Tonstudio wird es in meiner Abwesenheit noch gemixt und fertiggemacht. Ich freu mich schon drauf.

Vergiss mein nicht
Nun lieg ich hier - spür dich nicht mehr
Hab das Gefühl ich pass hier ohne dich nicht her
In all den Jahren, so viel erlebt
Ich hab vor dir noch nie bedingungslos geliebt.
Wenn die Seele fortgeht, bleibt die Liebe hier.
Auch wenn es ganz stark wehtut, ich trag dich tief in mir.

Wir gehen unsre Wege, und glauben fest daran
In einer neuen Welt voll Sehnsucht, sehen wir uns wieder - irgendwann

So viele Tränen, noch nicht geweint
Für diese Wahrheit war'n wir beide nicht bereit
Nun geh voraus, ich halt dich nicht
Ich kann nur hoffen, dass mein Herz nicht dran zerbricht...
Wenn die Seele fortgeht, bleibt die Liebe hier.
Auch wenn es ganz stark wehtut, ich trag dich tief in mir.
Wir gehen unsre Wege, und glauben fest daran.
In einer neuen Welt voll Sehnsucht, sehen wir uns wieder - irgendwann

Der Himmel strahlt in neuem Licht
Seit du da oben bist - leb wohl, vergiss mein nicht. Seh dich vor mir, wer weiß, bis bald
So viel Erinnerung, wie Träume hingemalt...
Wenn die Seele fortgeht, bleibt die Liebe hier.
Auch wenn es ganz stark wehtut, ich trag dich tief in mir. Wir gehen unsre Wege, und glauben fest daran.
In einer neuen Welt voll Sehnsucht, sehen wir uns wieder - irgendwann

Mein Ziel ist es, damit bei Verabschiedungen gespielt zu werden. Als Trauerredner überreiche ich den Hinterbliebenen immer ein Exemplar von meinem Buch „Ode an die Trauer". In weiterer Folge werde ich mein Lied mit QR-Code im Buch abbilden.

ODE an die TRAUER
Dies ist ein Buch, welches Worte findet in Momenten, wo Worte fehlen. Das passiert meist in Umständen, die uns nicht geläufig oder gewohnt sind. Ausnahmesituationen, die nicht nur der Tod mit sich bringt, sondern auch Lebensphasen, die Zuspruch benötigen. Als Lebensgefährte habe ich gelernt, in genau solchen Situationen die richtigen Worte zu finden. Sei es in Form von Balladen, Gedichten, Zitaten, Sprüchen oder einfach nur achtsamen Bedeutungen.

Dies ist aber auch ein Buch, welches helfen soll, Lieblingslieder in Abschiedssituationen zu wählen. Abschiede können sehr vielfältig sein, so vielfältig wie Menschen, die einmal gelebt haben. Die richtige Wahl zu treffen, bedarf an Zeit! Zeit, die ich gerne helfen möchte zu sparen.

Aber auch die Wahl der Verabschiedung ist nicht immer leicht zu entscheiden. Eine detailgetreue Checkliste definiert alle wichtigen Punkte, um wirklich nichts zu vergessen.

Zu guter Letzt sind es die Grabinschriften, die wohl überlegt gehören. Sie sollen den Menschen zeit seines Lebens widerspiegeln. Das darf mitunter auch humoristischer sein. Vorschläge dazu können gerade in prekären Situationen Hilfestellung bieten und das gelebte Wesen trefflich beschreiben. Einiges davon ist mit Augenzwinkern zu betrachten, könnte aber den eigenen Blickwinkel schärfen.

Dieses Buch soll Ihnen dabei helfen, die richtigen Entscheidungen zu treffen. Es kann aber auch einfach nur ein Lesestoff sein, der Sie gedanklich sortiert, um Ihren eigenen Ideen definieren zu können.

Vor Ihnen liegt mein Buch „Ode an die Trauer" und beinhaltet vieles, was ich sprach und vielleicht noch sprechen werde. Gefühlvolles wie auch Humorvolles. Es beinhaltet Musik, die ich gespielt habe, sowie meine eigene Top 20 Lieder-Kollektion, die ich als Unterstützung mit Ihnen teilen möchte. Ich möchte mich auch für die Worte bedanken, die ich nach Verabschiedungen erhalten habe.

Seien Sie aufgehoben in einer Situation, in der Sie nicht alleine sind!
Ihr Mario Kuttnig
Ihr Lebensgefährte

Eine Stunde unterwegs und erstmals fast eine Hinweistafel durch die noch tief stehende Sonne nicht gesehen. Das könnte fatal sein. Im letzten Moment entdecke ich den Pfeil, es geht nach links.

Es kommt mir tatsächlich ein Auto aus der Ferne entgegen. Ein Paketdienst natürlich. Auf dieser heutigen ersten Etappe begegnet mir sonst niemand. Doch! Sorry. Schweine entlang der Gutshöfe auf diesem Abschnitt.

Nach 90 Minuten begegnet mir Rebecca und gleich vorweg, ohne sie hätte ich es heute nicht geschafft. Wir gehen also gemeinsam diese anspruchsvolle Strecke bis SANTARÉM. Oder besser gesagt Santa Claus.
Aber warum meine ich Santa Claus?
Rebecca hat ihre Walking-Stöcke mit. Beim Gehen am Asphalt ertönt dadurch ein Rhythmus. Und ich: „I'm dreaming of a white Christmas" und Rebecca stimmt mit ein. Gemeinsam singen wir den Song zu Ende und lachen dabei. Ich habe natürlich die Michael Bublé Version gecovert.

I'm dreaming of a white Christmas
Just like the ones I used to know
Where the tree tops glisten
And children listen
To hear sleigh bells in the snow, oh, the snow
I said, I'm dreaming of a white Christmas
With every Christmas card I write
May your days be merry and bright
And may all your Christmas' be white

Und jetzt kommt es! Das glaubt mir keiner, außer Rebbeca, die ist ja dabei: Zehn Minuten später liegt eine typisch rot-weiße Santa Claus Mütze vor uns auf der Straße. Unglaublich.

Nach 30 Minuten erreichen wir gemeinsam REGUENGO und marschieren gleich bis 11:15 Uhr weiter und erreichen VALADA.
Hier finden wir eine kleine Bar und machen Pause. Rebecca trinkt ein Mineralwasser und einen Orangensaft. Ich trinke natürlich „um Café und Coca-Cola".
Ich habe diese Magnesium Stripes mit, die verpackt sind wie kleine längliche Zucker-Stripes, die man regelmäßig zum Tee oder Kaffee erhält. Die, die man gleich auf der Zunge zergehen lässt und gar nicht in Wasser auflöst. Gerne biete

ich Rebecca auch davon an. Da ich das Gefühl habe, meine Socken wechseln zu müssen, lege ich mein Magnesium einstweilen neben den Kaffee auf den Tisch. Blöd nur, wenn man dann statt dem Zucker das Magnesium für den Kaffee verwendet. Vielleicht eine neue Marketingidee „MagCafe"-Stripes. Das wars dann mit Kaffee und Magnesium. Keine wirkliche Offenbarung, dieser Mix.

Wir füllen unsere Wasservorräte auf und gehen den restlichen Weg ohne Zwischenstopp von 11:30 bis 16:30 Uhr nach Santa-rém(Claus).

Gegen 15:00 Uhr gesellt sich Charly zu uns und wir gehen zu dritt die letzten Kilometer. Charly ist Deutscher und lebt an der deutsch-französischen Grenze. Er ist Pastoralassistent. So gibt es genügend Gesprächsstoff über die Kirche und die weltliche Seite, über Pfarrer und freie Redner. Alles bleibt friedlich und wir erreichen Santarém. Charly hat nicht reserviert, findet aber in meinem Hostel Unterschlupf.

Ich mache mich frisch, um essen zu gehen, lasse mir Zeit, bin echt erschöpft heute. An der Rezeption frage ich um einen Tipp fürs Abendessen. Anscheinend die Tochter der Betreiber, circa 22 Jahre alt, meint, mein Breakfast bekomme ich aufs Zimmer. Sie hat mich gegoogelt und ich sei „Entertainment Manager on a Ship Cruise and a great Comedian in Austria called Herkules." Deswegen habe ich auch das Apartment bekommen. Das nenne ich mal ein „Peregrino Upgrade".

Jetzt wirds lustig. Ich möchte eine Pasta oder Pizza essen. Mutter und Tochter hinterm Tresen sagen gleichzeitig „Amassa"!
Die Tochter versucht mir verzweifelt auf ihrem iPhone die Route dorthin zu zeigen. Währenddessen fängt ihre Mutter auf einem Blatt Papier zum Zeichnen an und erklärt mir somit handschriftlich den Weg. Jetzt hat auch die Tochter wieder Empfang und ich lege die Beschreibung ihrer Mutter neben das Handy. Was soll ich sagen? Copy Paste würde hier zutreffen. Mama und ich betreiben Small Talk über analog

versus digital. Der Hunger ist groß und ich ziehe los.
Dank perfekter Beschreibung sitze ich jetzt mit einem Bier als Aperitif auf der Terrasse, da das „Amassa“ erst um 19:30 Uhr offiziell öffnet. Ich darf drinnen Platz nehmen. Starter ist Burrata mit Tomaten, einfach herrlich. Aufs Bier folgt ein roter Hauswein. Er macht das Glas voll nach dem Motto weg ist weg. Im Hintergrund läuft coole und gechillte Musik. Zum Schluss bestelle ich noch ein „Tiramisu to go“, um mich an der Rezeption für diesen Tipp zu bedanken. Charly sitzt noch an der Bar und gemeinsam nehmen wir noch einen Absacker. Die Tochter des Hauses übergibt mir noch ein Lunchpaket für morgen.

4.Tag: 8 Std. / 0,5 Std. Pause / ca. 33 km

Santiago de Compostela
Azinhaga
Santarém
Azambuja
Vila Franca de Xira
Alverca do Ribatejo
Lissabon

5. Tag
Maktub

Endlich habe ich eine Nacht komplett durchgeschlafen. Es ist 07:00 Uhr, und ich schaue auf meiner App (funktioniert auch offline) nach, welche Route ich heute nehmen werde. Eines ist jedenfalls sicher, ich knacke meine ersten 100 Kilometer und freu mich drauf.

Ich habe noch im Bett liegend mit meiner Tochter per SMS geschrieben und ein wenig von meiner Reise erzählt. Folgendes kam zurück: Ma, sehr cool! Freut mich, erinnert mich an das Buch „Der Alchemist" der Weg steht geschrieben - Maktub!
Maktub ist auch unser gemeinsames Lieblingswort.

In Paul Coelhos Bestseller "Der Alchimist" steht der Begriff "Maktub" geschrieben, der aus dem Arabischen stammt und so viel bedeutet wie "es steht geschrieben".
An Weihnachten 2019 erhalte ich einen Lautsprechen als Geschenk mit der Aufschrift "Maktub" von meiner Tochter. Ich habe diesen blauen Würfel immer bei mir dabei.

Jetzt fällt mir auch wieder ein, dass ich, als ich das Buch vor Jahren gelesen habe, auch so fasziniert war davon und mir gewünscht hatte, mich ebenfalls wie dieser Protagonist der Geschichte auf solch einen Weg oder solche Reisen machen zu wollen. Spannend, was diese SMS-Kommunikation mit Mattea gerade alles auslöst. Ja, ja „Maktub" - der Weg steht geschrieben.

Start: 09:30 Uhr
Vielleicht zuerst zur Orientierung. Ein zentraler Punkt ist ja der Kreisverkehr, zu dem gelangt, wer sich rechts hält, wenn man in Santarém ankommt.
Linker Hand wäre ein etwas größeres Gebäude mit einer kleinen Kirche und „Santa Casa da Misericórda". Ich gehe weiter im Kreisverkehr und über die nächste erste Ausfahrt drüber. Hier befindet sich ein Einkaufszentrum und ich nehme gleich danach rechts um die Ecke die zweite Ausfahrt. Es gibt hier gleich einen Fußgängerübergang über die Straße und ich gelange in eine Gasse, in der ich nach 100 Metern bereits wieder die ersten Hinweise sehe.

Aber Vorsicht, diese Gassen sind stark befahren!
Dann die nächste Kurve rechts und die Straße entlang bis zur Kirche auf der linken Seite. Hier hole ich mir einen Stempel. Aus der Kirche raus und links um die Kirche, dann die anschließenden Treppen hinab. Letztendlich orientiere ich mich an der alten Stadtmauer.
Plötzlich ruft jemand meinen Namen. Es ist Rebecca. Wir beschließen auch heute den Weg gemeinsam zu gehen. Sie würde sich einfach sicherer fühlen mit ihrem Bodyguard nach dem, was Sie bereits erleben musste.

Wir marschieren Richtung „VALE DE FIGUEIRA" und kommen auf das Thema Humor zu sprechen. Beide lieben wir den britischen Humor und amüsieren uns am Weg entlang mit Storys aus „Das Leben des Brian". Um 12:00 Uhr erreichen wir unser erstes Etappenziel für heute.

Ein Spezialmenü kommt auf den Tisch. Ein großes Bier, ein Kaffee und das typische süße Ding. Rebecca entdeckt meinen „Lindwurm" am Handgelenk und ist neugierig, was für eine Geschichte dahintersteckt. Das wird jetzt spannend und lustig, denn wie erklärt man, dass am Ende der Geschichte alle „Klagen furt" sind?
Hier die Kurzform: Der Lindwurm „Beast" treibt anno dazumal sein Unwesen in Clagenfurth. Die Bürger sind besorgt, bis Herkules kommt und diesen Drachen mit List erschlägt. Deswegen ist alles Weh und Klagen einfach fort.
Ihr könnt euch gar nicht vorstellen, wie ich hier mit Händen und Füße diese Geschichte erzähle. So weit, so gut. Dann komme ich zum Herkules und erzähle von meinem Kleinkunstpreis, den ich nach ihm benannt habe und 15 Jahre lang organisiert habe.

DIE SAGE VOM LINDWURM

In uralter Zeit lag hoch oben auf dem Berg zwischen den heutigen Ortschaften Rangersdorf und Witschdorf in einer Mulde ein kleiner See. Dort hauste in einer Höhle ein Lindwurm. Die Bauern hatten rings um den See ihre Almen.

Bald fehlten ihnen täglich ein paar Schafe, bald eine Kuh. Niemand wagte es, das gierige Ungeheuer anzugreifen. Oft saßen die Männer beisammen, berieten und schmiedeten Pläne, die aber nie ausgeführt wurden.
Endlich ersann ein pfiffiges Bäuerlein eine List, und alle anderen stimmten seinen Gedanken zu. Eine schöne Kuh wurde geschlachtet und ihr die Haut abgezogen. In die Haut füllten sie ungelöschten Kalk und versteiften sie mit Holzstäben. In der Nacht schlichen sie damit leise und vorsichtig zum See und stellten sie ans Ufer. Am Morgen erwachte der Lindwurm, tappte aus seiner Höhle, rekelte sich und riss seinen riesigen Rachen auf. Da gewahrte er die Kuh. Eilig wälzte er sich hin. In seiner Gier prüfte er nicht lange, sondern verschlang sie mit einem einzigen Zuschnappen. Kaum hatte er sie geschluckt, als ihm Rachen, Schlund und Eingeweide wie Feuer zu brennen begannen. Er bäumte sich auf und stürzte sich brüllend ins Wasser, um sich zu kühlen. Wild vor Schmerz schlug das Untier um sich. Hochauf schäumten die Wellen und überschwemmten die Wiesen ringsum. Mit seinem wuchtigen Schwanz traf er den Damm des Sees gegen das Tal zu und durchschlug ihn; Wasser, Schlamm und Steine ergossen sich über den Berghang und verschütteten Häuser und Kirche der damaligen Ortschaft Rangersdorf.
(Quelle: Gottlieb Schweiger, Der Burgfried Stall - Die Geschichte der Gemeinden Rangersdorf und Stall, Stall 1978, Seite 170)

Gestärkt geht es um 12:30 Uhr weiter.
Wir sind 15 Minuten unterwegs, da ruft Rebecca plötzlich „your Beast“! Und tatsächlich. Aus der Entfernung sieht dieses sogenannte „Beast“ wie ein Drachen aus. Beim Herannahen entdecken wir, das es sich um eine Bewässerungsanlage handelt. Rebecca in O-Ton: „Oh this Beast spies water not fire“.

Während einer Pause begegnen wir einer Belgierin, einer Ungarin und einem Deutschen. Wir plaudern kurz und bevor wir weitergehen, erzählt Rebecca ihnen, dass sie überfallen worden war und dass ich seitdem ihr Bodyguard sei.

Um 15:30 Uhr kommen wir an unser Ziel AZINHAGA und verabschieden uns voneinander. Rebecca hat über ihre Agentur ein Hotelzimmer gebucht, ich aber suche mir ein Hostel. 15 Minuten später komme ich in der „Casa de Azzancha" an und beziehe eines der vier Betten in diesem Zimmer. Noch bin ich allein.

Eine Stunde später höre ich weitere Pilger kommen. Die Inhaberin zeigt ihnen die Unterkunft und plötzlich stehen Pascale (die Belgierin) und Zsuzsa (die Ungarin) im Zimmer. Beide wie aus der Pistole geschossen: „The Bodyguard". Sie nehmen gleich die beiden Betten im Zimmer, weil hier beim Bodyguard meinen sie, sicher zu sein.

Die beiden Damen, die sich ebenfalls erst heute kennengelernt haben, kochen Paprika und Ei in der Pfanne. Pascale fragt mich, ob ich mitessen möchte. Klar bin ich hier dabei. Als Gegenleistung lade ich die Damen auf ein Glaserl Weißwein ein und gehe dann um circa
20:00 Uhr ins Zimmer.

5.Tag: 6 Std. / 0,5 Std. Pause / ca. 24 km

Santiago de Compostela
Asseiceira
Azinhaga
Santarém
Azambuja
Vila Franca de Xira
Alverca do Ribatejo
Lissabon

6. Tag
Sei ein Esel

Wir frühstücken gemeinsam und gehen dann doch zu getrennten Zeiten los. Ich bin gespannt, ob ich heute jemanden der bereits kennengelernten Pilger am Weg treffe. Zum ersten Mal ist es ziemlich bewölkt. Ich hoffe zumindest die erste Etappe von acht Kilometern in Trockenheit zu schaffen.

Start: 09:00 Uhr
Ich bin gerade am Weg zurück, wo die letzten Hinweistafeln waren, da bleibt ein Auto neben mir stehen. Die Vermieterin von heute Nacht erklärt mir einen anderen, kürzeren Weg aus der Stadt.
„Bom Caminho"

Vor mir auf meinem Weg sehe ich einen dezenten Regenbogen. Ich ahne Feuchtes. Und zack, schon habe ich Glück, denn ein Stier liegt fotogen vor mir auf der Wiese. Ich bedanke mich natürlich, wie es sich gehört.
Kleine „Give Aways" für zu Hause gefällig? Bitte schön. Hier auf der Strecke hängen Raupen zu Duzenden von den Bäumen durch ihre seidenen, durchsichtigen Fäden zuerst kaum zu erkennen. Man ist hier aber gezwungen, aufgrund der Straßensituation ganz am Rande zu gehen. Da kann es passieren, dass sich so ein niedliches kleines Ding auf der Schulter oder Kappe oder Rucksack gemütlich macht. Und schon tritt es die weitere Reise mit dir an.

Es ist ratsam, wegen der Raser vorsichtig und mit Bedacht zu marschieren, man bekommt hier selbst einen ganz anderen Bezug zur Geschwindigkeit.

Die Geschichte mit der Raupe könnte man natürlich auch anders sehen… Einerseits hängt unser Leben doch immer irgendwie an einem seidenen Faden, andererseits beginnst du deinen Caminho als Raupe und in Santiago beendest du ihn als Schmetterling. Gefällt mir der Vergleich. Ich schließe zu ZsuZsa und Pascale auf und wir gehen gemeinsam circa 1,5 Stunden nach GOLEGÃ.

Zwei dieser bereits erwähnten Mitbringsel haben es sich in

den Haaren von ZsuZsa gemütlich gemacht. Ich befreie sie davon. Wir sitzen wenig später gemütlich in einer Pastelaria und genießen Kaffee und Sweets.
Wie befürchtet, fängt es zu regnen an. Wir setzen uns hinein, da der Regen stärker wird und warten ab. Espresso, Mineral, Orangensaft, Vanillekrapfen 4,50 Euro.

Um 12:00 Uhr geht es weiter.
Als wir vor die Tür treten, kommt uns Rebecca in Begleitung von Madeleine aus Australien entgegen. Für sie ist Golegã auf der heutigen Tour die Endstation.

Wir überziehen unsere Rucksäcke mit dem Regenschutz und gehen weiter. Leichter Nieselregen wechselt mit Sonne. Gott sei Dank, aber kein wirklicher Regenguss auf der Strecke. Nach einer knappen Stunde gelingt mir der Schnappschuss des Tages: Links von mir steht auf einer leichten Anhöhe wie auf einem Werbeplakat ein Esel. Er blickt zu mir herüber und ich bedanke mich auch recht artig bei ihm.

Knapp bevor wir um 13:30 Uhr in SÃO CAETANO ankommen, entdecke ich ein Hinweisschild mit folgender Aufschrift: E.M. 572. Sofort habe ich den Refrain „Here comes the Enter-Man“ zu meinem Song „Mach mal Urlaub“ im Ohr. Zu meiner Zeit als Entertainment Manager am Schiff, wurde ich immer „EM“ genannt.

„Mach mal Urlaub" entstand bereits 2017 in Zusammenarbeit mit Marcus Nrg Vibes an nur einem Tag - im Rahmen einer Kreuzfahrt auf offenem Meer.
Als Entertainment Manager auf AIDA schenkte er mit diesem Lied jedem Urlauber eine Portion Extraferien. Im Refrain deutlich als „Here comes the Enter-Man".
Andy LaToggo, ebenfalls regelmäßig als DJ auf hoher See unterwegs, machte dieses Original im Reggae Style zum Remix. Gemeinsam cruisten die Jungs um den Erdball und verbrachten eine fantastische Zeit auf allen Ozeanen dieser Erde. 2021 mischt Klaus Hoffmann alias DJ K2wo „Mach mal Urlaub" zum Apresski Lounge Remix. Der nächste Sommer und Urlaub kommen bestimmt!

Mach mal Urlaub

Here comes the Enterman,
I do the best I can…
Mach mal Urlaub
Einfach cruisen
Here comes the Enterman,
I do the best I can…
Mach mal Urlaub
Einfach cruisen

Party am Pooldeck oder am Strand
Sonne und Cocktail, dafür sind wir bekannt
Mach mal Urlaub
Einfach cruisen

EM – EM – EM – EM

Here comes the Enterman,
I do the best I can…
Mach mal Urlaub
Einfach cruisen
Wir haben alle mächtig viel Spaß
Beim Tanzen und Shaken in den coolsten Bars
Mach mal Urlaub
Einfach cruisen

EM – EM – EM – EM

Here comes the Enterman,
I do the best I can…
Mach mal Urlaub
Einfach cruisen
Und relaxen
Und genießen
Einfach Sexy, sexy, sexy...

Wir machen eine kleine Pause von 14:15 - 14:20 Uhr in QUINTA DA CARDIGA
Jetzt wird's lustig. Man wird beobachtet. Von den lustigen

Kakteen. Kreative Menschen haben im Lauf der Zeit die Kakteen mit Gesichtern versehen, und diese Lächeln oder Winken dir entgegen.

Um 15:00 Uhr treffen wir in VILA NOVA da BARQUINHA ein. Die einzige offizielle Schlafmöglichkeit, die „Casa Patriaca" hat hier geschlossen. Also Zähne und Popo zusammenkneifen und nochmals acht Kilometer bis in den nächsten Ort zurücklegen.

Dafür macht die Herberge um 17:30 Uhr in ASSEICEIRA alles wieder wett. Nette Menschen, der Ort ist für ein Volksfest dekoriert und wir machen uns Salat mit Tomaten und Thunfisch. Wobei ich ja keinen Thunfisch am Salat mag und mir die Damen deshalb Miniwürstel besorgt haben. Pascale spricht vorher noch ein Gebet, dann stürzen wir uns auf den Salat. Bon Appetit.

6.Tag: 8,5 Std. / 1,5 Std. Pause / ca. 26 km

Santiago de Compostela
Tomar
Asseiceira
Santarem
Azambuja
Vila Franca de Xira
Alverca do Ribatejo
Lissabon

7. Tag
Inside - Outside

Die Nacht war durchzogen. Um 06:00 Uhr macht sich unsere australische Peregrina auf den Weg und ich werde letztendlich munter. Um 07:00 Uhr folgen die anderen beiden Ladys. Nach der Körperhygiene nehmen wir gemeinsam ein kleines Frühstück ein.

Kaffee ist keiner vorhanden, deshalb funktioniert es bei mir mit dem Munterwerden und der Kommunikation erst etwas später. Pascale teilt mit uns ein Dreierpack Joghurt Erdbeere. Nur da sind keine Erdbeeren drinnen. Schon singen Pascale und ich gleichzeitig den Song der Beatles „Strawberry fields forever“.

Let me take you down
'Cause I'm going to strawberry fields Nothing is real
And nothing to get hung about Strawberry fields forever

Wir singen noch zwei, drei Songs an und es funktioniert doch vor dem Kaffee, das mit der guten Laune.
Wir räumen auf und verlassen so gegen 09:00 Uhr unsere Herberge. Inmitten des Dorfes gibt es eine Bar, die bereits geöffnet hat und wir nehmen für einen Kaffee Platz.
Mir macht die rechte Ferse etwas zu schaffen und ich begebe mich in einen Seitenraum, um die Ferse zu behandeln. Wie ich so dasitze, bemerke ich sehr viele tote Fliegen am Boden. Ich denke mir nur: etwas unhygienisch und setze mich wieder zu Pascale und Zsuzsa. Aber auch hier im Hauptraum der Bar bemerke ich, dass viele tote Fliegen herumliegen. Wir trinken unseren Kaffee aus, zahlen und gehen los. Ich merke noch an, dass es keine Süßspeisen in der Vitrine gibt. Die haben die Fliegen gegessen, meint Pascal ganz trocken. Wir lachen trotz der Bilder im Kopf.

Start: 09:30 Uhr
Szusza geht es heute ein wenig besser, aber sie möchte in der nächsten Stadt („Tomar“) wieder über Lissabon zurück in ihre Heimat nach Ungarn. Sie merkt auch an, dass sie ihre Walkingstöcke auf der gestrigen letzten Rast vergessen hat und ist dementsprechend nochmals eine Spur mehr geneigt aufzuhören.

Was soll ich sagen, knappe 20 Minuten später finde ich einen Holzstab im Gelände, der genau passt. Ersatz gefunden!

Es wird heute eine eher kleinere Route, um Kraft für morgen zu sammeln.
Ich muss gestehen, ich habe heute aufgehört, die Hinweise auf der Strecke für den Caminho zu fotografieren und zu dokumentieren. Warum? Ganz einfach: Der ganze Weg ist bis jetzt – und ich denke, das wird auch auf dem restlichen Weg so sein, – so gut beschrieben, dass ihr euch nicht verlaufen könnt. Also bitte Augen auf und Hausverstand an, schon kann nichts mehr schief gehen. Habt Vertrauen in euch selbst.

Wir überqueren eine etwas knifflige Kreuzung, als ein gelber VW-Beatle um die Kurve rast und uns zu einem kleinen Sprung in Sicherheit veranlasst. Sein Gelb ist kein helles, leuchtendes Gelb. Nein, eher ein in die Jahre gekommenes Gelb. Es reicht zum „We all life in yello Submarine, yello Submarine, yello Submarine".

Yellow Submarine
In the town where I was born Lived a man who sailed to sea
And he told us of his life
In the land of submarines So we sailed on to the sun 'Til we found a sea of green
And we lived beneath the waves In our yellow submarine

Dafür bleibt ein wenig mehr Zeit, um von der Natur und fürs Leben zu lernen. Wir kommen an einem Baum mit Eicheln vorbei. Ich frage Pascale: „What does it means in English"? Pascale: Eikel. Ok, hätte auch schwieriger ausfallen können. Zsuzsa ist ebenfalls neugierig und möchte wissen, was man damit machen kann. Pascale hebt eine Eichel auf, entfernt die tatsächliche Eichel vom unteren Teil oder besser gesagt vom Korb, führt diese Hülle zum Mund und fängt damit zu Pfeifen an.

Auf der letzten Anhöhe vor Tomar machen wir noch eine kurze Pause in einer Wiese, um für die letzten Meter gerüstet zu sein.

Bei brütender Hitze erreichen wir um 12:30 Uhr die Stadt TOMAR.
Schon bei der Ortseinfahrt entpuppt sich Tomar als cooles und sauberes Städtchen. Mit unserem Hostel schießen wir sowieso den Vogel ab. Stylish, sauber und modern. Die Betreiber sind junge Leute und haben Spaß an ihrer Tätigkeit. Auf allen Wänden dürfen sich die Peregrinos verewigen. Genau das werde ich jetzt auch tun.

Der Hunger treibt uns auf die Straße und wir finden ein Lokal mit wirklich exzellenter Küche. Zsuzsa genehmigt sich einen Schwertfisch. Pascal den Fish of the day und meine Wenigkeit genießt ein Spicy Risotto mit Prawns. Echt der Hammer. Eine Flasche vom weißen Hauswein rundet diese Köstlichkeiten perfekt ab.

Zurückgekehrt ruhen wir uns aus. Mal sehen, was der Abend bringt.

Wir suchen für Pascale das passende Kabel für ihre Power-Bank, damit das Handy wieder funktioniert. Sie hat es gestern in unserem Hostel vergessen. Gesucht, gefunden, gekauft.
Am Hauptplatz spielt ein Straßenmusikant selbstverständlich „Love love love“. Von? Natürlich! Den Beatles.
Und schon liegen drei Euro in seinem Hut.

All you Need is Love Love, love, love
It's easy
All you need is love All you need is love
All you need is love, love Love is all you need

Einige Meter weiter stehen wir vor einem Laden mit dem Namen „Inside“. T-Shirts, auch für Männer in der Auslage, laden mich zum Eintreten ein. Gesucht, gefunden, gekauft.

Vor Freude ziehe ich es auch gleich an und es kommt dadurch zum Running Gag.

Am unteren Revers des T-Shirts ist „Inside" zu lesen. Pascale sagt: „Mario you try it on the wrong side". Später dann, als wir unseren Schlummertrunk nehmen, stehen wir vorm Lokal und überlegen hineinzugehen. Pascale mit einem Lächeln im Gesicht wieder im O-Ton: „I think Mario will go Inside". Wir betreten eine oldschool Bar und genießen unser Bier. At least we go „Outside".
„Bom Caminho."

7.Tag: 3 Std. / 0,5 Std. Pause / ca. 11 km

Santiago de Compostela
Alvaiazere
Tomar
Asseiceira
Azinhaga
Santarém
Azambuja
Vila Franca de Xira
Alverca do Ribatejo
Lissabon

8. Tag
Fünf Freunde

Wieder eine Nacht gut geschlafen. Diesmal waren wir wieder zu dritt in einem Zimmer. Und obwohl wir um 07:00 Uhr munter sind, gehen wir erst um 08:00 Uhr frühstücken. Madeleine
steht plötzlich im Badezimmer vor mir, als ich mir die Zähne putze. Sie meint, Rebecca wäre auch in der Nähe abgestiegen und die beiden hätten für heute 08:30 Uhr vereinbart zu starten.
Zsuzsa begleitet uns vor die Türe und verabschiedet sich von uns mit Tränen in den Augen. Ich ziehe mir heute meine neuen Turnschuhe an, obwohl diese nicht als Trekkingschuhe gedacht sind, da mich meine Achillessehne ein wenig schmerzt.

Start 08:30 Uhr
Plötzlich stehen Madeleine, Pascale, Rebecca, Raphael für den Marsch in den heutigen Tag bereit. So steht meine heutige Tour unter dem Motto „Fünf Freunde".
Einige von euch kennen sicher noch die Titelmelodie von dieser Serie. Fünf Freunde, das sind wir, Julian, Dick und Anne, George und Tihimiii der Huuhuund…

1978 Fünf Freunde - Serie
Die Geschwister Julian, Dick und Anne treffen während ihrer Ferien auf ihre Cousine George mit ihrem Hund Timmy (ein Border Collie). Gemeinsam geraten sie in Abenteuer, lösen Rätsel und helfen damit auch der Polizei.

Um 10:00 Uhr erreichen wir CASAIS und besuchen den wunderbaren Friedhof. Es geht dann aber auch schon gleich weiter, einige Kilometer liegen heute noch vor uns.

Plötzlich stößt der Finne Richard dazu und begleitet uns bis ins heutige Ziel. Das heißt, wir sind jetzt zu sechst.

In SOIANDA um 10:30 Uhr machen wir Pause.
Auch zwei Italiener treffen dort ein, die später noch eine Rolle spielen werden.

Um 11:00 Uhr gehts weiter und mein Opa kommt mir mit einem seiner berühmten Sprüche in den Sinn. Da wir jetzt zu sechst unterwegs sind und mein heutiger Titel von fünf Freunden handelt.

Er sagte immer am sechsten Jänner eines jeden Jahres am Dreikönigstag: „Die heiligen drei König alle viere. Weil die Nummer vier ist immer der Kassier".

Wir hören Hufe in CALVINOS und gehen zur Seite. Tatsächlich kommen uns Pferde entgegen und begrüßen uns herzlich auf der Straße.

Eine größere Rast in AREIAS von 14:00 bis 14:45 Uhr steht an. Es hat mittlerweile 27 Grad und wir sind schon fast fünf Stunden unterwegs.
Der heutige Weg ist gekennzeichnet von einer wahrlich hügeligen Landschaft und meine Schuhe sind absolut nicht dafür geeignet.
Hat mich früh morgens die rechte Sehne geschmerzt, so ist es nun der linke Fußballen.

Endlich um 16:00 Uhr erreichen wir CORTIÇA, aber für zwei von uns ist kein Platz mehr frei, da zwei Italiener reserviert haben. Ich frage nach, was mit dem obligatorischen „First come first serve" sei. Ich ernte Achselzucken.
Wir erholen uns einige Zeit und weiter geht es für Rebecca und mich. Wir zwei haben uns bereit erklärt, in der nächsten Ortschaft die Herberge aufzusuchen und zu beziehen.

Dafür bekommen wir um 18:00 Uhr in der Herberge in ALVAIÀZERE einen Stempel in unseren Pilgerpass, der eine Seltenheit ist. Einen richtigen Stempel mit Siegel in Wachs und einigen kleinen sogenannten Anhängern, die ebenfalls mit Wachs befestigt werden. Obendrein gibt es mit diesem Wachs auch noch die einzelnen Schritte im Pass nachempfunden. Rebecca und ich sind ziemlich stolz. Ich bekomme noch einen Sticker als Zeichen des Caminhos, den ich mir auf meinen Rucksack kleben oder nähen werde.

Mein Auge fällt dann auf ein Halsband aus Leder mit der typischen Muschel als Anhänger. Gerne kaufe ich von Carlos, den Betreiber der Herberge, diese einzigartige handangefertigte Kette als Dankeschön für diesen großartigen Stempel. Die Kette ist auf diesem Buchcover zu sehen. Er ist auch so nett und lädt uns in sein Refugium, das gleichzeitig als Atelier dient, ein. Dutzende Holzskulpturen sowie Tische und Stühle zeigt er uns voller Stolz.

Vis-à-vis gibt es ein Restaurant und dahin gehen wir zum Abendessen. Eine Flasche Rotwein darf dabei nicht fehlen. Wir erfahren, dass ein Fest in der Stadt stattfindet, und mischen uns unters Volk. Um 21:30 Uhr beschließen wir, den Heimweg anzutreten, um für den nächsten Tag wieder fit zu sein.

8.Tag 9,5 Std. / 1,5 Std. Pause / ca. 33 km

Santiago de Compostela
Alvorge
Alvaiazere
Tomar
Asseiceira
Azinhaga
Santarém
Azambuja
Vila Franca de Xira
Alverca do Ribatejo
Lissabon

9. Tag
One Song 1000 Memories

Keine Ahnung, was heute Nacht los war. Wurde im Stundenrhythmus munter. Jetzt um 04:00 Uhr bin ich wach und liege hier allein in dieser Herberge irgendwo in Portugal, mir schießen die Tränen in die Augen und ich muss heulen. Meine verstorbenen Großeltern und mein verstorbener Vater sind mir auf einmal so nah. Ich höre meine beiden Lieblingslieder, die ich bei Omas und Papas Beerdigung spielen ließ. Ihr kennt das, ein Lied und tausend Erinnerungen werden wach. Es handelt sich um Melissa Etheridge mit „This is not goodbye“ und Annie Lennox „Into West“ aus "Herr der Ringe". Mein Körper bebt, ich habe leichten Schüttelfrost. Ich frage mich: Was wird das heute für ein Tag?

Melissa Etheridge - This is not goodbye Bravely
you let go of my hand
I can't speak, yet, you understand Where I go now, I go alone
This path I walk, these days of stone And the angels are calling
I must go away Wait for me here Silently stay
And don't ask me why Only believe
This is not goodbye

Annie Lennox - Into the West Lay down
Your sweet and weary head The night is falling
You have come to journey's end Sleep now
And dream of the ones who came before They are calling

From across the distant shore Why do you weep?
What are these tears upon your face? Soon you will see
All of your fears will pass away Safe in my arms
You're only sleeping

Es ist 05:15 Uhr und ich schaue mir die Fotos von meinen Großeltern auf meinem Handy an und entdecke dabei ein Foto, das ich meinem Schulzeit-Album entnommen habe. Meine Oma schrieb mir damals Folgendes:
„Trag Sonne im Herzen - ob’s stürmt oder schneit - der Himmel voll Wolken - die Erde voll Leid - lieber Mario, alles Liebe für deinen weiteren Lebensweg. Deine Oma.

Ich bin auf meinem Weg, liebe Oma!
Start: 10:00 Uh, but first Kaffee mit Madeleine, Rebecca, Pascale.
Pascale und Madeleine haben schon sechs Kilometer in den Beinen. Sie hatten gestern in dieser bereits erwähnten Herberge Platz gefunden. Nebenbei sei erwähnt, dass die beiden Italiener nicht in der Herberge eingetroffen sind. Somit stellt sich die Frage der Sinnhaftigkeit einer Reservierung.

Um in Schwung zu kommen, stimmt Madeleine dieses lustige Marschlied an.
„Left left left his wife in New Orleans with 45 Cents and a can of beans he was right right right upidoo
Left left left his wife in New Orleans with 45 Cents and a can of beans he was right right right upidoo

Diese Aufmunterung hielt diesmal nicht lange. Die rechte Achillessehne lässt grüßen. Mein Fehler. Ich habe doch tatsächlich meine Füße kurz vor Abmarsch eingeschmiert und jetzt rutschen natürlich meine Socken. Ich denke mir, das wird nicht mein Tag. Der fing schon so launisch an. Nach einer Stunde muss ich mich setzten. Ich ziehe meine Schuhe und Socken aus, reinige meine Fußsohlen und wechsle die Socken in der Hoffnung, es wird besser. Wird es nicht. Irgendwann steht Rebecca neben mir mit einer Tablette in der Hand. „Get it and you have no pain.
Da ich sonst nicht so der Pillenschlucker bin, jedoch noch einige Kilometer auf dem Spiel stehen, lasse ich mich überreden.

Wir marschieren durch, bis wir um 13:15 Uhr ANSIAO erreichen, meine Schmerzen im Rechten Fuß sind fast weg. Zwischenzeitlich ist unsere Gruppe mit zwei weiteren Peregrinos gewachsen. Luciano stammt aus Venedig und Mia aus Amerika. Wir genehmigen uns eine Stärkung. Während die beiden Neuen und Rebecca mit Madeleine in Ansiao bleiben, beschließen Pascale und ich, doch noch knappe zehn Kilometer in Kauf zu nehmen und weiter zu marschieren. Ich vertraue dieser Wunderpille und wir ziehen los.

Mussten wir vor Ansiao bereits einige Höhenmeter zurücklegen, so wird es jetzt nochmals bei 28 Grad extrem steil und schwierig.

Um 14:15 Uhr, als wir loslegen, kommen auch Raphael und Richard ums Eck und wir gehen gemeinsam. Es geht durchwegs rauf und runter. Das Wichtigste aber ist, mein Fuß hält.

Die Hitze ist so groß, dass die Seite, auf der wir gehen, davon abhängt, ob Bäume Schatten auf die Straße werfen. Auf den Landwegen gibt es durchwegs Schatten.
Wir sehen Häuser und freuen uns anzukommen. Leider falsch gedacht. Fünfzig Meter vor der Ortstafel zeigt der Pfeil nach links. Und richtig geraten, es geht ein letztes Mal nach oben. Der überhitzte innere Schweinehund wird besiegt und nun sind wir wirklich um 16:30 Uhr in ALVORGE.

Einchecken und ein kleines Bier, schon wird es ein wenig kühler duschen und Wäsche waschen folgen. Danach relaxen. Ich freu mich aufs Abendessen. Es gibt diesmal einen großen internationalen Tisch auf der Terrasse mit Peregrinos aus Belgien, Littauen, Finnland, Kanada, Schweiz, Frankreich, Deutschland und Österreich.

Wir alle genießen das gemeinsame Essen nach Portugués Art. Salat mit Tomaten, Chips, Reis und sehr gutes Rindfleisch. Rotwein und Wasser runden den Abend ab. Zum Schluss trinken der Germane und der Österreicher noch einen Kaffee mit Grappa.

Kurze Slapstickeinlage noch vor dem Schlafengehen: Pascale und ich stehen bei der Wäschespinne, da fällt mir auf, ich habe eine Boxer Shorts weniger. Ich zu ihr: "Shit i lost my Painty". Sie: "On the Road?" Ich: „No in one of the Albergues."
Wir lachen beide herzhaft auf.
„Bom Caminho"

9.Tag: 6,5 Std. / 1,5 Std Pause / ca. 27km

Klgt.
8.4.79

Trag Sonne im Herzen,
ob's stürmt oder schneit,
ob der Himmel voll Wolken,
die Erde voll Leid.

Lb. Maria alles Liebe für deinen
nen Lebensweg Deine Oma

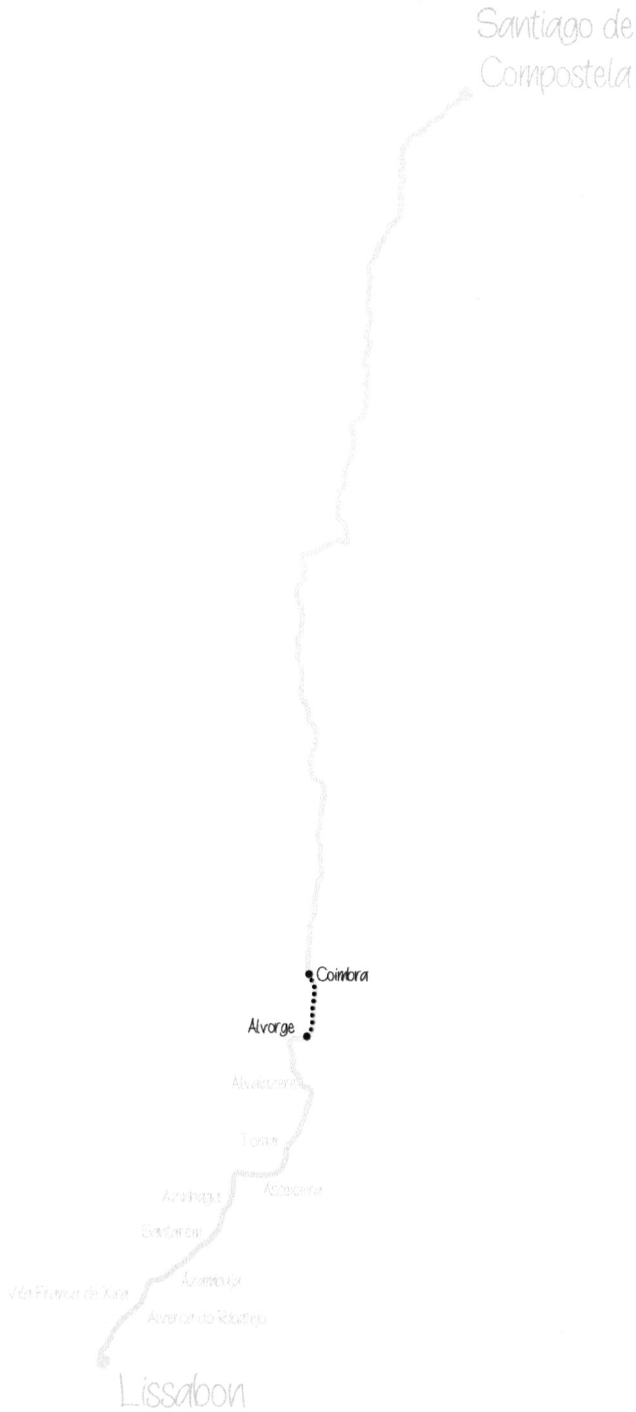
Santiago de Compostela
Coimbra
Alvorge
Alvaiázere
Tomar
Azinhaga
Asseiceira
Santarém
Azambuja
Vila Franca de Xira
Alverca do Ribatejo
Lissabon

10. Tag
Blumen Caminho

Jetzt bin ich schon im zweistelligen Tagesbereich und ich habe gestern noch die 200 Kilometermarke geknackt. Ich schreibe euch gerade um 02:45 Uhr früh. Keine Ahnung warum ich hier immer um diese Uhrzeit wach werde. Ich denke gerade über die Themen „first come first save" und „Reservieren" nach.
Bereits beim Eintreffen in einer Herberge wird gefragt ob reserviert wurde. Es gibt, so wie immer im Leben, zwei Seiten der Medaille. Als Peregrino bist du entweder der „GGP" (Gut Glück Peregrino) oder der „SRP" (Sicherheits Reservierungs Peregrino).

Und schon sind wir bei der Ausnahme. Der dritte Peregrino. Das ist jener, der aus Erfahrung vom GGP zum SRP wird. Wenn ich hier von Erfahrung spreche, meine ich, du bist stundenlang unterwegs und erreichst endlich eine Herberge und du bekommst kein Bett oder Zimmer, weil einige davon bereits reserviert sind. Klar will man dann bei nächster Gelegenheit selbst auf Nummer sichergehen und reserviert. Die Frage, die sich stellt, ist, wer hat hier am meisten Druck? Der GGP, der nicht weiß, ob er eine Unterkunft bekommt. Der SRP, der zu einem bestimmten Zeitpunkt an einem bestimmten Ort sein muss? Die Betreiber einer Herberge, die lieber auf Nummer sichergehen wollen und eine Reservierung vorziehen? Ich spreche hier von einer „Albergue" und nicht von Ho(s)telbetreibern oder Privatvermietern.

Mit Pascale habe ich nicht nur eine Mitstreiterin in Sachen GGP, sondern auch bezüglich der täglich zu gehenden Kilometeranzahl. Wie viele es werden, hängt bei uns von der Tagesverfassung ab. Ich vermisse sie jetzt schon, wenn wir in den nächsten Tagen Porto erreichen und sich unsere Wege trennen werden. Sie ist Krankenschwester von Beruf und hält uns alle auf den Beinen. Sie reist von Porto zurück nach Belgien. Es ist jetzt 03:00 Uhr morgens, vielleicht komme ich ja noch zu ein wenig Schlaf.

Start: 08:30 Uhr
Generell ist vielleicht zu sagen, dass die Kosten für etwaige Pausen sich täglich zwischen drei und fünf Euro belaufen.

Wir starten zu viert in den Tag. Pascale, Richard, Raphael und ich.
Lustig zu bemerken ist, ich frage alle drei nach ihren Telefonnummern, um ihnen später Bilder via WhatsApp schicken zu können, aber keiner kennt die eigene Nummer auswendig. Es rufen mich alle drei an, damit ich ihre Nummern habe. Das ist mir bei einigen anderen unterwegs auch schon passiert.

Das Motto des heutigen Tages ergibt sich aus jener Blume, die uns die ersten beiden Stunden immer wieder begegnet. Sie erblüht in zartem Rosa bis leichtem Lila aus den kleinsten Betonritzen. Es zeigt einfach, mit starkem Willen und Mut findet sich immer ein Weg.

Um 10:30 Uhr genießen wir unser kleines Frühstück in RABACAL und um 11:15 Uhr gehts weiter. Irgendwie bemerke ich, dass sich mein Körper umgestellt oder besser gesagt eingestellt hat, er ist mehr im Flow. Ich bin beim Gehen schneller im Rhythmus. Vieles fällt leichter. Es geht mir generell besser.

Am Straßenrand bemerken wir einen, sagen wir mal, besonderen Garten. Der Besitzer stellt Getränke und Kuchen gegen eine Spende für jedermann zur Verfügung. Wir legen eine Spende in die Schale am Tisch und marschieren bis 13:45 Uhr nach CONÍMBRIGA. Leider ist hier alles voll und es wird mein bisher härtester Tag. Es geht weiter nach COIMBRA.

Um 18:30 Uhr werden wir in der Pensão Santa Cruz dafür entschädigt. Einzig der Besitzer quatscht uns voll und markiert auf einem Stadtplan für uns alle Sehenswürdigkeiten. Gefühlte zwei Stunden später (es waren 20 Minuten) wollen wir in Richtung Zimmer losgehen, fängt er diesmal von der Bausubstanz des Hauses zu erzählen an. Andererseits für 20 Euro muss man schon auch zuhören können. Ausruhen am Zimmer ist trotz fantastischen Ausblick angesagt.
Heute werde ich noch eines Besseren belehrt.

Unser Betreiber des Hotels hat uns ja den manuellen City Guide ausgehändigt. Er hat uns auch ein gutes günstiges Lokal empfohlen, in dem man gut essen kann. Wir gehen in die empfohlene Straße und da sind zwei Lokale, die optisch unterschiedlicher nicht sein können. Dreimal dürft ihr raten, in welchem wir gelandet sind. Genau.

In dem empfohlenen Lokal, dass optisch gar nicht geht, kostet ein Menü um die 8,50 Euro, in dem auch das Bier inkludiert ist. So etwas kann wirtschaftlich nicht funktionieren, denke ich mir. Aber! Das Essen wird serviert und schmeckt vom ersten Moment an. Von der Menge ganz zu schweigen. Ich muss Pascale recht geben, als sie meint „trust me boys". Wir legen alle einen zehn Euro Schein hin und sind mehr als satt. Nicht einmal ein Eis als Nachspeise hat mehr Platz.
„Bom Caminho."

10.Tag: 9,5 Std. / 1 Std. Pause / ca. 36 km

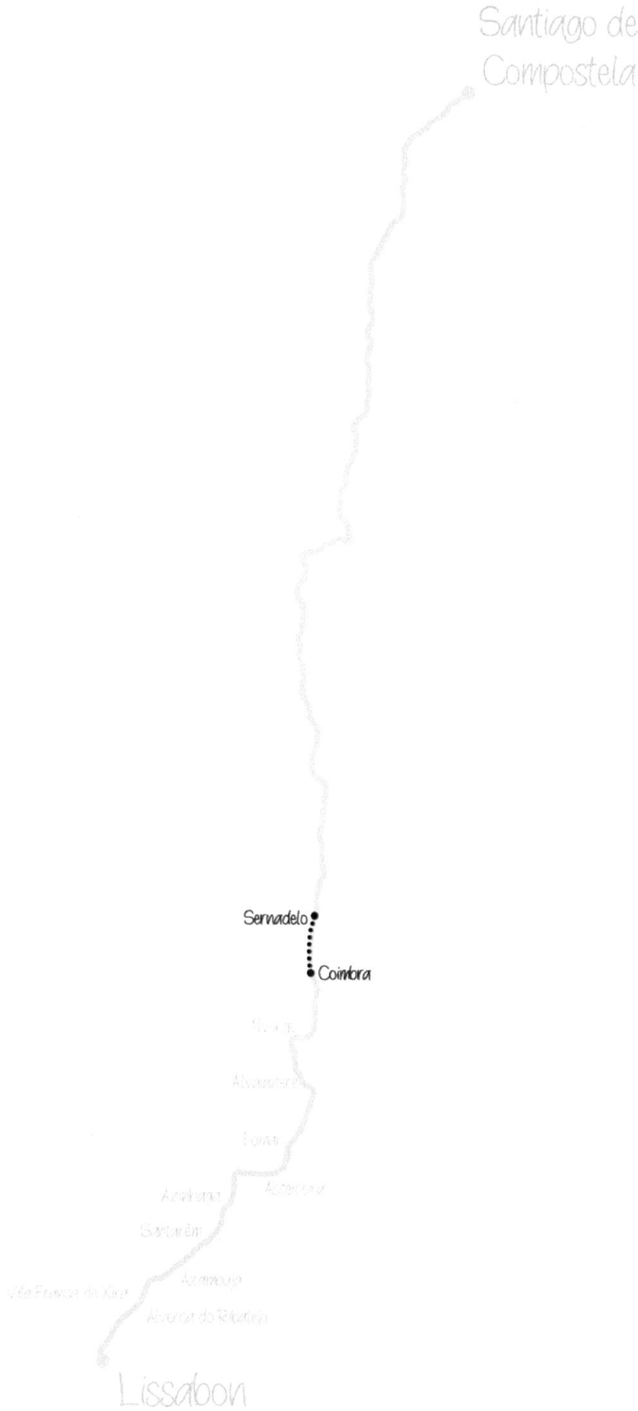
Santiago de Compostela
Sernadelo
Coimbra
Tomar
Azinhaga
Santarém
Azambuja
Vila Franca de Xira
Alverca do Ribatejo
Lissabon

11. Tag
Immer dem Pfeil nach

Ich hatte befürchtet, dass das Essen seine Spuren über Nacht hinterlassen würde. Das Gegenteil ist der Fall. Wir hören die Kirchenglocken der Cathedrale, und machen uns langsam fertig. Richard kommt hinzu und plötzlich steht auch Luciano vor uns. Er reist heute via Lissabon nach Italien zurück. Wir trinken noch gemütlich einen Tee zusammen, verabschieden uns von Luciano und weiter gehts quer durch die Stadt.
Irgendwie ist die Energie in der Stadt eine andere als am Caminho. Wir freuen uns schon auf den weiteren Verlauf der Strecke außerhalb der Stadt.

Start: 09:45 Uhr
Dennoch dauert es bis 10:15 Uhr, um aus der Stadt zu gelangen. Unsere Krankenschwester Pascale nimmt umgehend eine kurze OP an Richards Brille vor. Mit durchsichtigem Heftpflaster klebt sie das linke Glas am Bügel wieder an.

Wir machen mehrere, dafür aber kürzere Pausen. Irgendwie hat sich heute ein kleiner Schlendrian eingeschlichen. Darf auch mal sein. „We take time“

Nach einem sehr gemütlichen Marsch sind wir um 18:15 Uhr in „SERNADELO“. Dort gibt es eine Herberge mit 12 Betten. Mal sehen, wie die Nacht wird. Wir gehen zum Abendessen.

Eine Kleinigkeit fällt mir noch ein. Im letzten Dorf, bevor wir unser Ziel erreicht haben, wurden Teile aus den Hinweispfeilen entwendet. Diese herkömmlichen gelben Pfeile wurden an einigen Stellen quasi gedrittelt. Und je zwei Drittel wurden entfernt und durch gelbe Farbe ersetzt.

Ich nehme Beef und es schmeckt hervorragend. Pascale genießt ihre Suppe und als Dessert eine Torte. Richard nimmt sich ein junges Spanferkel vom Grill vor. Die Auswahl in den Herbergen ist zwar sehr eingeschränkt, schmeckt aber durchwegs gut.

11.Tag: 8 Std. / 1,5 Std. Pause / ca. 28 km

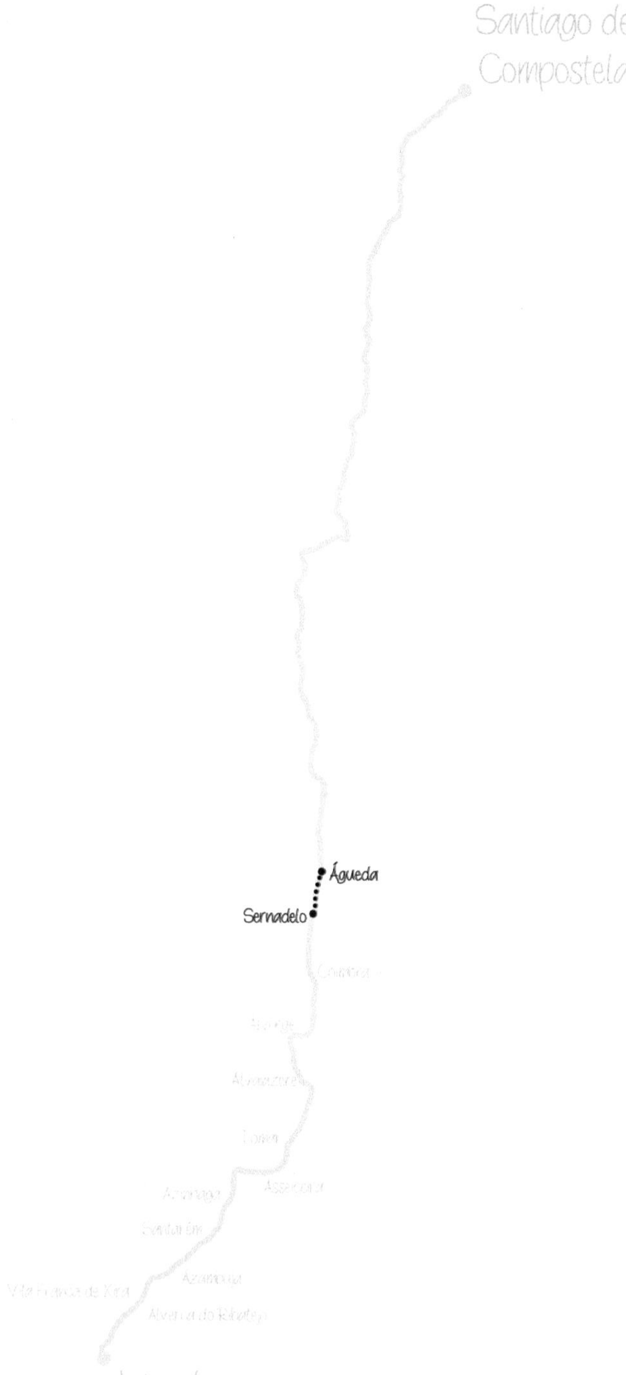
Santiago de Compostela
Águeda
Sernadelo
Lissabon

12. Tag
Gallo Nero

Meine Befürchtungen sind eingetreten. Es ist 04:30 Uhr und ein Husten von rechts gefühlt direkt in meinen Nacken, weckt mich zum wiederholten Mal. Ihr kennt diesen Raucherhusten. Und von Links wurde bereits ein ganzer Urwald abgesägt. Von der Luft im Raum ganz zu schweigen. Ich gebe wieder meine EarPods in meine Ohren und höre Musik. Ein kleines Licht leuchtet auf, es ist das Licht eines Mobiltelefons. Pascal scheint auch munter zu sein. Ich sende ihr eine SMS-Nachricht mit „Guten Morgen". Ein „good morning" mit einem Smiley kommt zurück.
Ich checke meine Wäsche, ob über Nacht alles trocknen konnte.

Leider habe ich einen Fleck in meiner Hose, seit dem zweiten Tag. Bis dato ging dieser durch die Handwäsche nicht raus. Richard und ich haben gestern die Waschmaschine in Anspruch genommen.
Mittlerweile ist es knapp 06:00 Uhr und die kleinen Leuchten im Raum werden langsam mehr. Das eine oder andere Klingeln im Wecker Modus ist ebenfalls zu hören. Die erste Person verlässt den Raum, kehrt aber nach einer Zigarettenlänge zurück. Und schon macht sich mein rechter Hustennachbar wieder bemerkbar.
Ich denke gerade über einen Satz nach, den ich in meinem Soloprogramm „Romeo und Julia" verwende. „Man muss das schon mögen".
Oh, wie fein, der Raucher beglückt uns mit seinem Geruch. Guten Morgen liebe Welt.

Start: 07:45 Uhr
Durch dieses morgendliche geschäftige Treiben im Raum kommen wir früher los. Kaum sind wir um die Ecke, kräht auch schon der erste Hahn. Die Hunde, die sonst durchwegs auf dieser Tour bei den Häusern bellen, sind noch verdächtig ruhig. Richard findet auf seiner App ein Café, das trotz heutigen Feiertages in Portugal bereits um 08:30 Uhr geöffnet hat. Nicht ganz am Weg, aber immerhin. Und für Kaffee mache ich gerne Umwege.
Um 09:00 Uhr ziehen wir weiter. Ähnliches geschieht wieder. Kaum sind wir um die Ecke, kräht ein Hahn. Dafür mischt

sich jetzt aber auch Hundegebell unterwegs hinzu.
In ARCOS erspähen wir plötzlich einen schwarzen Hahn auf der Kirchturmspitze. Hahaha, ich dachte schon, dass meine Zeichen, die ich als Zufälle abgetan hatte, aufgehört haben. In Klagenfurt gibt es, oder besser gesagt gab es zufälliger Weise ein Lokal in der Innenstadt, dass sich „Gallo Nero" nannte. Leider hat es vor Kurzem geschlossen. Somit haben wir auch das Motto, den Titel des heutigen Tages.

Ich komme auch an einem Wegweiser vorbei, auf dem die Buchstaben „CMA" stehen und muss an meine Schauspielschule in Österreich denken. An dieser „Carinthian Music Academy" durfte ich vier Semester lang Schauspielunterricht nehmen. Es ist wirklich spannend, welche Assoziationen und Hinweise oder Zeichen einem unterkommen, wenn der Geist frei ist und nicht mit Schrott aus Zeitungen, Fernsehen oder sozialen Netzwerken zugemüllt wird.
Es tut einfach gut.

Wir sind froh, heute schon ziemlich früh unterwegs zu sein. Dafür knurrt uns schon leicht der Magen. Gegen 12:30 Uhr nehmen wir in AGUADA DE BAIXO eine fantastisch schmeckende Suppe zu uns.

Um 15:15 Uhr erreichen wir ÀGUEDA und unsere Albergue Residencial Celeste.
Wir bezahlen jeder 15 Euro an der Rezeption für unsere Betten im Schlafsaal. Die Betreiberin zeigt uns unsere Unterkunft. Ich erblicke ja richtig erraten, Mister Raucher und Mister Huster von letzter Nacht. Ich nehme ein Upgrade und beziehe ein Einzelzimmer.

Nachdem ich meine Wäsche gewaschen und aufgehängt habe, begleite ich Pascale in den Supermarkt. Da ich ja bereits die fantastische Suppe genießen durfte, wollte ich heute eigentlich nichts mehr essen. Falsch gedacht. Beim Einkaufen überkommt es mich und ich lasse mich zu einer „Insalata Mista" überreden. Wir kaufen grünen Salat, Rucola, Mozzarella, selbstverständlich auch Tomaten und Zwiebeln. Ganz überraschend fällt uns noch ein sehr geschmackvoller

Rotwein in die Hand, der mich später auch zur Strecke bringt. Gemeinsam bereiten den Salat in der Küche vor.

Alle Peregrinos schwirren irgendwie in der offenen Küche herum und bereiten sich ihr Abendessen. Es entstehen lustige Gespräche und Situationen, weil man sich in der Küche einfach im Weg steht. Wir genießen alle unser Essen und es entsteht eine gemütliche Stimmung untereinander. Mir hat der Rotwein etwas zugesetzt, er zwingt mich ins Bett, wollen wir doch um 08:00 Uhr wieder auf der Piste sein.
„Bom Caminho."

12.Tag: 7,5 Std. / 1,5 Std. Pause / ca. 24km

Santiago de Compostela
Albergaria a Nova
Águeda
Alvorge
Tomar
Azinhaga
Santarém
Azambuja
Vila Franca de Xira
Lissabon

13. Tag
Mario Poppins

Guten Morgen liebe Leute. Ich finde es echt spannend, dass ich hier immer wieder gegen 02:00 Uhr kurz munter werde, und das, obwohl ich heute ein Einzelzimmer habe. Einmal umgedreht und ich konnte auch schon wieder weiterschlafen. Jetzt ist es gerade 06:30 Uhr und ich freue mich auf den heutigen Tag. Erstens, weil ich die 300 Kilometer knacken werde und mich damit zweitens in der Hälfte der Strecke befinde.
Unsere Startformation bleibt zu gestern unverändert. Pascal (Belgien), Richard (Finnland) und meine Wenigkeit, der Ösi.
Ich komme gerade vom Frühstück zurück. Nicht nur eine optische, sondern auch eine kulinarische Spitzenleistung. Ein total entzückender Raum mit Bedienung der Sonderklasse und fantastischer Auswahl an Speisen.
So darf ein Tag beginnen und wir verschieben unseren Abmarsch kurzfristig.

Start: 08:15 Uhr
Bumm Zack! Elf Kilometer nach SEREM unter zwei Stunden, das nenne ich mal eine Zeit. So hatte ich heute auch noch keine Zeit, über Namen und Motto nachzudenken.
Pascale und ich sehen uns die Bilder vom Abmarsch an und schon ist auch der Name klar.
„Mit einem Löffelchen voll Zucker, schmeckt die bitterste Medizin…" oder „Superkalifragilistigexpialigetisch". Na? Bekannt? Genau! Mary Poppins!

1965 Mary Poppins
Jane und Michael halten nichts von ordentlichen Kinderzimmern. Ebenso wenig halten sie von ihrem Kindermädchen, welches die Familie Banks und ihre herumtollenden Kinder fluchtartig verlässt. Jane und Michael schreiben ein eigenes Gesuch: Sie träumen von dem fantastischsten Kindermädchen, welches sich Kinder nur wünschen könnten - und so landet eine junge Dame namens Mary Poppins mit einem Regenschirm vor der Haustüre.

Wenn ein Löffelchen voll Zucker bitt´re Medizin versüßt,
Ja, Medizin versüßt, Medizin versüßt
Wenn ein Löffelchen voll Zucker bitt´re Medizin versüßt

Rutscht sie gleich noch mal so gut.
Wort: Supercalifragilisticexpialigetisch

Wenn ihr jetzt auch noch mein Foto dazu seht, ist auch für euch alles klar. „Mario Poppins“. Noch Fragen?

In diesem Rhythmus schaffe ich um circa 10:40 Uhr stolz meinen 300sten Kilometer und kurz danach auch die Hälfte meiner Caminho Distanz.
Will heißen, auf meiner App beginnt es jetzt nicht mehr rauf, sondern runterzuzählen. Um ganz genau zu sein, habe ich, wenn ich heute meine Herberge beziehe, noch eine Strecke von 296,4 km vor mir. In diesem Tempo geht es auch weiter. Als Lohn gibt es jetzt um 11:30 Uhr eine Pause in ALBERGARIA A VELHA und „uma Café“. Mittlerweile sind wir zu fünft. Lenka aus Tschechien (Prag) und Elisa aus Spanien (Bilbao) komplettieren unsere heutige Runde.

Eine nette, lustige Begebenheit möchte ich euch nicht vorenthalten. Wir stehen vor der Bar und warten zusammen, da bleibt ein kleines Auto direkt vor uns stehen. Ein älterer Mann sitzt darin und hubt kurz. Schon kommt die Kellnerin aus dem Café, in dem wir saßen und gibt dem Mann einen Espresso ins Auto. Wartet geduldig danebenstehend, kassiert ihr Geld und geht wieder zurück ins Café. Das ist „Café to Go“ auf Portugiesisch. Der Mann, wie auch wir setzen unseren Weg fort.

Wir sind um 13:15 Uhr in ALBERGARIA A NOVA.
Fast die gleiche Kilometeranzahl wie gestern, aber zwei Stunden schneller.
Ich fühle mich heute auch körperlich nochmals eine Nummer besser als bisher.

Es ist ein feines Gefühl zu wissen, bereits mehr als die Hälfte an Kilometern zurückgelegt zu haben. Auch meine rechte Achillessehne hat sich irgendwie mit dem Schuh arrangiert. Vielleicht tanze ich heute ja noch wie Mary Poppins…
Wir beschließen in die Stadt zu gehen, um dort zu essen. Die Geschichte ist nun die, es gibt nur ein Lokal und das

darf nicht übersehen werden. Im Reiseführer von Pascale steht: „Hier kocht die Großmutter persönlich". Stimmt. Nur in dieser Situation hat man fast ein bisschen Mitleid mit der älteren Dame. Jedenfalls ist das Gefühl, in diesem Lokal zu sitzen, schon ein eigenes. Ich komme mir vor wie in dem Musical Sweeney Todd. Irgendwie ist es ziemlich spooky hier und wir sind die einzigen Gäste. Denn wenn draußen ein LKW vorbeifährt, wirds im Inneren ein wenig dunkler, da das Eingangsportal gleichzeitig die einzige Lichtquelle von außen ist. Von der Lärmentwicklung und der dezenten Erschütterung ganz zu schweigen, wenn so ein Brummer vorbeifährt. Selbstverständlich gibt es im Inneren Lichtquellen.

Sweeney Todd
Barbier Benjamin Barker wird unschuldig ins Gefängnis geworfen. Dahinter steckt der mächtige Richter Turpin, der ein Auge auf dessen Frau geworfen hatte. Als er aus dem Exil zurückkehrt, erfährt er, dass seine Frau von Turpin missbraucht wurde und sich umgebracht hat. Seine Tochter wird noch immer von ihm gefangen gehalten. Er schwört Rache und wird zum dämonischen Barbier der Fleet Street. Unterstützung erhält er dabei von einer Frau, die ihn liebt. Mrs. Lovett, deren Pastetenbäckerei einen ungeheuren Aufschwung nimmt, seit sie sich mit Todd zusammengetan hat.

Wir bestellen und bekommen ein vorzügliches Essen. Zusätzlich gibt es eine Suppe und eine Nachspeise zum Peregrino Preis. Die Gedanken, die wir zwischendurch haben, passen in einen Hitchcock Thriller. Wir zahlen und bewegen uns lebendig und nicht zu Pasteten verarbeitet Richtung Herberge.

Ich nehme noch meine Wäsche von der Leine und begebe mich ins Zimmer.

13.Tag: 5,5 Std. / 0,5 Std. Pause / ca. 23km

AL

Santiago de Compostela
São João da Madeira
Albergaria a Nova
Águeda
Coimbra
Lissabon

14. Tag
Zimmer mit Aussicht

Ich denke, mein tägliches Wachwerden um 02:00 Uhr früh muss ich nicht mehr erwähnen. Jetzt um 06:30 Uhr hört man schon einige Peregrinos, die sich für ihren heutigen Weg fertigmachen. Für mich ist es bereits die zweite Woche, die zu Ende geht. Unglaublich, dass ich schon 14 Tage unterwegs bin.

Start: 08:15 Uhr
Vor unserer Albergue befindet sich eine Markierung mit der Aufschrift „300 km Santiago" Wir starten wieder zu fünft mit dem gleichen Elan wie gestern und genehmigen uns den ersten Kaffee um 09:30 Uhr im Café in PINHEIRO DA BEMPOSTA. Auf dem Weg dorthin
marschieren wir eine Zeit lang den Bahngleisen entlang. Nach einem ausgiebigen Frühstück gehen wir um 10:15 Uhr weiter.
Von Weitem kommt uns bereits eine Frau entgegen, die etwas am Kopf zu tragen scheint. Es sind diverse Kräuter und Pflanzen, die sie mit graziösem Gleichgewicht trägt. Sie freut sich auch über das gemeinsame Foto, dass ich mit ihr mache. „Obrigada" kann ich da nur sagen.

Heute ist es merklich wärmer in den Vormittagsstunden als gestern.
Womit ich heute nicht gerechnet habe, ist, einige Höhenkilometer absolvieren zu dürfen. Das wirkt sich bei diesen Temperaturen natürlich noch ein wenig stärker aus. Ein Anstieg, der es in sich hat, bringt uns um 12:00 Uhr nach OLIVEIRA DE AZEMÉIS.

Gleich am Anfang der Stadt finden wir einen Obstladen, in dem wir eine Wegzehrung für später kaufen. Ich nehme noch zwei Macarons für Pascale und mich mit. Ein paar Meter weiter machen wir noch eine kleine Pause und genießen Softdrinks.

Unterschiedlicher kann das Leben nicht sein. Wir spazieren durch die Stadt und entdecken
einen Baum, der mit weißen Herzen geschmückt ist. Bevor wir die Stadt verlassen, steht ein Leichenwagen direkt vor

uns, der natürlich meine Aufmerksamkeit erregt. So eng liegen Leben und Sterben beieinander.

Eine Zeit lang geht es abwärts, was ja bei dem Anstieg zuvor zu erwarten war. Was nicht zu erwarten war, außer ich hätte mich vorbereitet, ist noch ein Anstieg zum Schluss gegen 14:45 Uhr nach SÃO JOÃO DA MADEIRA. Das zehrt noch mal an unseren Kräften.
Richard möchte deshalb im Vorfeld für uns drei Zimmer reservieren, damit wir nicht von Albergue zu Hostel wandern müssen, ohne etwas zu finden, falls wieder alles voll ist.
Wir sind einverstanden und finden uns kurze Zeit später im siebenten Stockwerk eines Hotels mitten am Platz mit „wirklicher" Aussicht wieder.

Das Zimmer mit Aussicht hat nur einen kleinen Fehler. Im Haus wird gebohrt – und zwar gründlich. Im Duett. Dur und Moll. Bei genauerem Hinhören ist hin und wieder sogar eine Melodie zu erkennen. Zuerst aber klingt es eher nach Zahnarzt.

Wir gehen in eine Burgeria zum Abendessen. Alle drei Burger schmecken top und wir beschließen uns am Hauptplatz Kaffee und Nachspeise zu gönnen.

Wir spazieren noch eine Abendrunde durch die Stadt und kaufen uns ein Wasser im Mercato. Danach geht es zurück zum Hotel, wo wir gefühlte Minuten vor dem Aufzug stehen und warten. Irgendwie beschleicht mich der Wunsch, die Türe vom zweiten Aufzug öffnen zu wollen. Gesagt getan. Wir haben jetzt quasi umsonst auf den ersten Aufzug gewartet. Als wir losfahren, überkommt uns ein Lachen, das wir bis in den siebenten Stock nicht mehr unterbrechen können und uns die Tränen rausschießen.
„Bom Caminho."

14.Tag: 6,5 Std. / 1 Std. Pause / ca. 22km

Santiago de Compostela
Porto
São João da Madeira
Tomar
Santarem
Azambuja
Vila Franca de Xira
Alverca do Ribatejo
Lissabon

15. Tag
Traum

Einen wunderbaren guten Morgen darf ich aus dem siebten Stockwerk wünschen. Der Ausblick ist wirklich umwerfend. Die Stadt ruht noch. Ich nähere mich Porto.

Es sind noch ungefähr 33 Kilometer zu absolvieren. Beim Frühstück werde ich mich mit Pascale und Richard darüber beraten, ob wir das in einem Aufwasch erledigen oder zwei Etappen daraus machen. Ich denke, es werden zwei werden, da keiner von uns unter Zeitdruck steht. Es werden zwei Etappen! So der Plan. Es kommt anders.

Start: 08:00 Uhr
Ich habe jetzt lange darüber nachgedacht, ob ich euch von meinem Traum in der letzten Nacht erzähle. Er handelte davon, dass meine Familie einen Mann und eine Frau verloren haben. Sie sind gestorben. Gleichzeitig aber war auch ein neugeborenes Kind im Traum dabei. Jetzt wissen wir von der Traumdeutung, dass der Tod im Traum per se ja nichts mit dem Tod zu tun hat. Vielmehr gibt es den Hinweis darauf, dass etwas zu Ende geht. Das Kind wiederum steht für etwas Neues. Also muss etwas Altes beendet werden, damit Neues entstehen kann.

Ich möchte hier Paulo Coelho aus „Der Zahir" zitieren:
„Deshalb ist es so wichtig, bestimmte Dinge gehen zu lassen. Loszulassen. Sich zu lösen. Niemand spielt in diesem Leben mit gezinkten Karten. Manchmal gewinnen wir, manchmal verlieren wir auch. Erwarte nicht etwas zurückzubekommen, erwarte nicht, dass man deine Bemühungen anerkennt, dein Genie entdeckt, deine Liebe begreift. Zyklen beenden. Nicht aus Stolz, Unfähigkeit oder Hochmut, sondern einfach nur, weil sie nicht mehr in dein Leben passen. Schließe die Tür, lege eine andere Platte auf, räum dein Haus auf, schüttele Staub aus. Höre auf zu sein, der du warst, und werde der, der du bist."

In MALAPOSTA ist erst mal Café Time von 09:30 - 10:00 Uhr. Beim Weitergehen entdecken wir eine Ziege auf einer Terrasse, die uns lautstark anfeuert.

Nach Hunden und Hähnen sind jetzt Ziegen an der Reihe. Määäh.

Im Gehen fallen mir heute viele Dinge ein, die ich zu Ende bringen durfte. Diese aufzuzählen würde hier den Rahmen sprengen. Aber wir wollen doch gemeinsam in die Zukunft sehen und Neues beginnen. Schritt für Schritt. Diese Schritte sind es, die mich nochmals an Alvaiazere denken lassen. Hatten wir dort doch diesen wunderbaren Siegelstempel erhalten. Zu diesem Stempel hat uns Carlos noch Tropfen als Schritte beigefügt. Das wiederum bringt mich auf die Idee, diese Tropfen mit Siegelwachs auch hier in diesem Buch zur persönlichen Widmung zu verwenden.

Wir erreichen GRIJO um 13:00 Uhr und die Herberge ist voll. Nein, ich lasse jetzt nicht wieder mein „Und, was ist mit first come first save"? vom Stapel.
Entweder liebe Reiseführer-Schreiber, nehmt ihr das aus euren Hinweisen heraus oder ihr empfehlt ausschließlich zu reservieren.

Ein weiterer langer Marsch zur inneren Einkehr bis PORTO steht uns bevor.
Diesmal sprechen wir wenig miteinander, denn auch in VILLA NOVA DE GAIA ereilt uns das gleiche Schicksal. 17:00 Uhr Ankunft in Porto.
Und hier bestätigt es sich wieder, dass wir Glück im Unglück haben. Wir finden eine Unterkunft in PRAIA DE MATOSINHOS. Deshalb Glück, denn dieser Ort wird als Ausgangspunkt empfohlen, wenn der Weg von Porto nach Santiago gewählt wird.

Die Catherdrale Se hat bis 18:30 Uhr geöffnet, um einen Stempel zu holen. Wir nehmen ein Taxi und schaffen es trotz Rush Hour in die Innenstadt.
An der Cathedrale schlägt unser Herz höher, als wir am Turm über Porto blicken. Der Eintritt kostet drei Euro. Einfach zum Verlieben diese Stadt. Natürlich zieht es mich als alten Seefahrer zum Hafen. Hier pulsiert das Leben. Wir finden auch ein feines Lokal und ich komme endlich nach

zwei Wochen zu meiner Pasta mit Shrimps und Oktopus. Der tiefrote Hauswein schmeckt, wie er aussieht. Einfach köstlich. Die Nachspeise himmlisch. Ein kulinarisches Highlight heute. Wie spazieren noch den Hafen entlang und genießen Porto bei Nacht und Vollmond. Zurück gehts mit den Öffis.

15.Tag: 9 Stunden / 1,5 Std Pause / ca. 34km

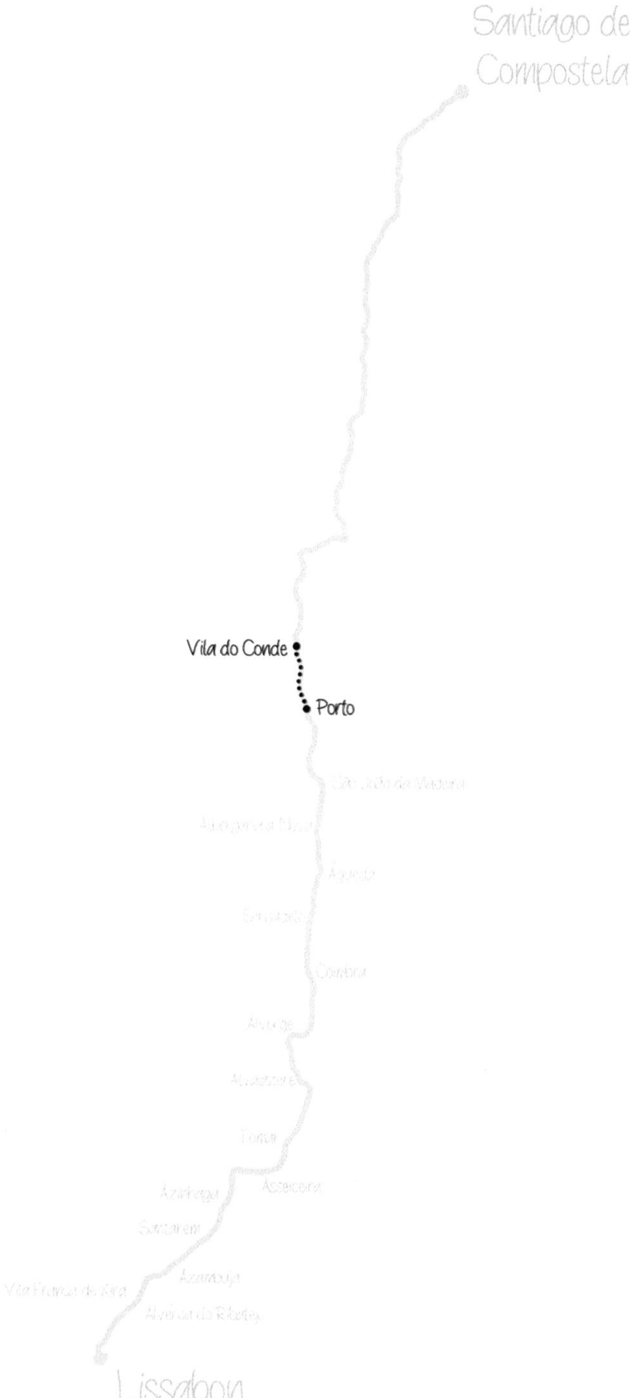
Santiago de Compostela
Vila do Conde
Porto
Coimbra
Alvorge
Tomar
Asseiceira
Azinhaga
Santarem
Vila Franca de Xira
Lissaboon

16. Tag
Am Holzweg

Nach einem aufregenden gestrigen Tag ging es mit den Öffis quer durch Porto bis PRAIA DE MATOSINHOS.
Jetzt liege ich hier im Bett und grüble darüber nach, welche Route ich für den weiteren Weg einschlagen soll. Den Küsten- oder den Zentralweg? Fragen über Fragen. Vielleicht nach dem ersten Kaffee. Ich mach mich mal auf den Weg zum Frühstück.
Resümee nach dem Frühstück: Der Küstenweg ist länger, aber flacher als der Zentralweg. Na ja, vielleicht fällt eine Entscheidung nach dem zweiten Kaffee unterwegs.
Pascale begleitet uns doch noch einen Tag länger. Ihr Flug geht erst am 13. Oktober von Porto aus zurück und ihre Freundin trifft auch erst Morgen dort ein. Danach sind „ihre Buben", wie sie uns immer nannte, alleine unterwegs.

Wenn ich heute 18 Kilometer unterwegs bin, erreiche ich einen nächsten Höhepunkt. Meinem 400sten Kilometer.

Start: 08:15 Uhr
Wir bahnen uns den Weg zum Strand. Es wird der Küstenweg werden.
Heute ist der erste Tag, an dem die Sonne nur zeitweilig durch die Wolken scheint. Leichter Wind weht, während wir die ersten Kilometer über den berühmten Holzsteg gehen.

Kurzer Stopp für einen Kaffee von 09:45 - 10:15 Uhr in DA MEMÔRIA.
Nach dieser Pause läuft uns zum ersten Mal eine Gruppe Peregrinos über den Weg. So an die 12 aus Norwegen und Slowenien stammende Personen. Als wir sie treffen, genehmigen sie sich gerade einen Schnaps als Warm-up.
Immer wieder überholen wir uns gegenseitig und tauschen ein paar Worte aus. Das letzte Mal sehen wir die Gruppe um kurz nach 12:00 Uhr in unserem Bistro, in dem wir gerade eine Kleinigkeit zu uns nehmen. Als wir weitergehen, steht der nächste Schnaps auf dem Tisch.

Weiter gehts dem Strand und Holzpfad entlang. Wir nehmen unseren Lunch um 12:00 Uhr in LABRUGE ein. Die leichte Brise die durchgehend weht, während wir auf der

Terrasse sitzen, zwingt uns, unsere Jacken bzw. langarmigen Oberteile anzuziehen. Als wir uns um 12:30 Uhr wieder auf den Weg machen, ziehen wir die Teile wieder aus. Weitere zwei Stunden befinde ich mich bis AZURARA am Holzweg. Also nicht im herkömmlichen sprichwörtlichen Gebrauch, auch nicht auf den Brettern, die die Welt bedeuten, sondern am kilometerweiten Holzsteg, der hier der Küste entlang errichtet wurde. Immer wieder tauchen auf dieser Strecke kleine Bistros und Dörfer auf, die zum Verweilen und Essen einladen.
Auch wenn unterwegs Hinweise aufscheinen, die ins Landesinnere führen, keine Angst, ihr seid am Holzweg richtig. Am Ende dieses Pfades führen euch die Hinweise direkt über die Brücke nach VILA DO CONDE, wo wir um 15:15 Uhr eintreffen.

Und mein 400ster Kilometer ist ebenfalls geschafft. Es ist, als wäre es erst gestern gewesen, als ich meinen 100sten Kilometer erfolgreich absolviert habe.

Wir überlegen kurz noch vier Kilometer anzuhängen, aber dieser Gedanke wird durch ein fantastisches Zimmerangebot für heute noch ad Acta gelegt. Richard hat es wieder einmal geschafft, ein Zimmer für drei Personen mit Frühstück um 52 Euro zu bekommen. Da sagen wir nicht Nein.

So wird heutzutage gewandert oder marschiert, mit Handy und GPS-Tracker und jederzeit erreichbar und online. In diesem Fall sind wir natürlich unserem Youngster und „Zimmer-Checker of Caminho" dankbar.

Es ist wieder einmal ein Zimmer der Sonderklasse. Wir betreiben Körperhygiene und Pascale erklärt sich bereit, im Anschluss noch etwas für unser Abendessen einzukaufen. In diesem Hotel steht eine Küche zur Selbstversorgung bereit. Leider fängt es der Wettervorhersage entsprechend zu regnen an. Wird der morgige 17. Tag der erste Regentag?

Pascale kommt mit voller Einkaufstasche zurück. Das Abendessen wird gemeinsam zubereitet. Während der

Zubereitung schreibe ich Richard, der noch am Zimmer ist, dass das Essen fertig ist.
Jetzt passiert etwas, das Niemand für möglich gehalten hätte. Richard lässt den Schlüssel innen stecken und schließt beim Gehen die Türe. Als er es bemerkt, ist es zu spät. Es existiert zwar eine Keycard, doch wenn der Schlüssel innen steckt, funktioniert diese nicht. Pascale und ich bitten Richard die Situation zu lösen. Zehn Minuten später kommt die sehr höfliche junge Rezeptionistin und übergibt uns eine neue Keycard. Wir dürfen ein neues Zimmer beziehen. Blöd ist nur, dass alle unsere Sachen im ersten Zimmer sind. Habe ich erwähnt, dass heute Sonntag ist? Weder Housekeeping noch Hausmeister sind anwesend, um helfen zu können. Deshalb wissen wir auch nicht, wann wir morgen loskönnen und zu unseren Sachen kommen. Sachen gibts! Wenn einer eine Reise tut, kann er was erzählen.

Apropos erzählen. Wir sitzen zu siebent an einem Tisch. Vertreten sind folgende Länder: Brasilien, Deutschland, Südtirol, Finnland, Belgien und Österreich.
Hans kommt aus Bozen. Er und seine Frau, die aus Vorarlberg stammt, besitzen ein Haus in Bad Bleiberg in meiner Heimat Kärnten. Beide kommen noch regelmäßig dorthin auf Urlaub. Maria aus Rio macht gerade ein sechsmonatiges Auslandssemester hier in der Nähe von Porto. Sabine, die Arzthelferin aus Bayern und Martin aus Mannheim runden diese illustre Gesellschaft ab. Uns drei muss ich ja nicht mehr vorstellen.

Wir suchen unser neues Zimmer auf und entdecken die Schattenspiele, die wir als Kinder mit unseren Händen an die Wand oder Decke spiegelten, wieder. Der Lichteinfall lässt es zu, uns wieder wie Kinder, Hunde, Katzen, Mäuse oder Krokodile an die Wand projizieren zu lassen. Nach diversen Lachanfällen schalten wir das Licht aus.
„Bom Caminho."

16.Tag: 7 Std. / 1,5 Std. Pause / ca. 23km

Santiago de Compostela
Marinhas
Vila do Conde
Porto
Águeda
Alvorge
Tomar
Santarém
Azambuja
Lissabon

17. Tag
Nimm 3 Zahl 4

Ja, es regnet. Shit Happens. Da muss ich wohl durch. Es wäre ja auch zu schön und zu perfekt gewesen, ohne Regen durchzukommen. Zuerst aber Frühstück und dann checken, ob wir in unser Zimmer kommen. Wer weiß, vielleicht habe ich ja Glück und das Wetter schlägt bis dahin um. Die Hoffnung stirbt zuletzt.
Wir bekommen gerade das „Go" für unser Zimmer und kommen endlich zu unseren Sachen.

Start 09:45 Uhr
Um es in meinem vornehmen Schulenglisch zu sagen: „It's raining cats and dogs".

11:30 Uhr wassertechnischer Café Stopp nach neun Kilometer. Ich bin gerade froh, einen kompletten Regenschutz gekauft zu haben. Ich sehe zwar wie ein dunkelblauer Pinguin aus, aber es macht sich bezahlt. Der Vorteil in dieser Situation ist, dass meine Schuhe vom Regen wieder sauber gewaschen werden.

In APŪLIA machen wir eine nächste Pause und holen uns in der Kirche einen Stempel. Kurze Episode aus dem Lokal in dem wir Pause machen: Richard bestellt zwei Toast, was ich nicht mitbekommen habe, und ich einen Toast. Pascale möchte auch einen. Der Chef des Hauses bringt zuerst einen für Richard. Danach bringt er mir einen und auf Pascale hat er vergessen. Gentlemanlike gebe ich meinen Toast Pascale. Richard bekommt einen zweiten Toast, den ich wiederum für mich reklamiere, da ich ja nicht gewusst habe, dass Richard zwei bestellt hat. Prinzipiell hat jetzt jeder einen Toast. Nur beim Bezahlen stellt sich heraus, nachdem Pascale den ihren und ich meinen bezahlt habe, kassiert der Chef trotzdem zwei von Richard. Also vier, obwohl kein weiterer Toast gebracht wurde, weil, und darauf beharrt der Chef, Richard ja zwei bestellt hat. Kleine Diskussion, aber kein Handgemenge, wie lassen es gut sein.

So ein Wetter hat natürlich noch einen Vorteil: Wenn es nicht so heiß ist, schwitzt man weniger. Der Nachteil ist, trotzdem ist die Bekleidung nass.

Wir passieren FÃO und sind gegen 17:15 Uhr in MARINHAS.

Der ganze Tag ist gekennzeichnet vom Aufeinandertreffen von Menschen mit Natur. Endlich angekommen, beziehen wir unser Zimmer für drei Personen. Pascale hat sich letztendlich für eine letzte komplette Tour mit uns entschieden. Was wiederum Richard und mich freut, da wir bereits eine komplette Woche mehr oder weniger zu dritt unterwegs sind und uns gemeinsame Schlafstätten teilen. So etwas schweißt zusammen. Der Zimmerschlüssel wird heute übrigens sicher verwahrt. Waschtag ist noch angesagt.

17.Tag: 7,5 Std. / 1 Std. Pause / ca. 29km

Santiago de Compostela
Viana do Castelo
Marinhas
Vila do Conde
Porto
Tomar
Asseiceira
Azinhaga
Santarém
Azambuja
Vila Franca de Xira
Lissabon

18. Tag
Die Gefährten

Guten Morgen. Der Regen hat sich verzogen, es wird wieder schöner. Wir sitzen zu dritt ein letztes Mal in dieser Konstellation beim Frühstück. Pascale wird erst um elf Uhr abgeholt und spaziert deshalb noch einige Minuten mit uns mit. Sie hat „ihre zwei Buben" eben lieb gewonnen in dieser Zeit, und da ist es nicht so einfach, Adieu zu sagen.

Start: 08:30 Uhr
Dreißig Minuten später ist es dann so weit. Umarmungen folgen und die gegenseitige Einladung immer willkommen zu sein.
Danke schön liebe Pascale für alle Lieder, die wir gemeinsam gesungen haben, dabei reichte oft ein Wort während unserer Gespräche und wir hatten eine Melodie parat. Danke auch für die Witze und Geschichten, die wir uns erzählten.

Noch in Gedanken an das gemeinsam Erlebte stoßen Richard und ich auf das Café i Museu „O LAMPIÃO – einfach ein Muss, eine Hommage an „Che" Guevara. Die Kekse, die Richard probiert hat, haben gut gerochen.

Ich sehe ein Plakat mit der Aufschrift: Listen to your heart, and it will show you the way. Hm, muss drüber nachdenken.

Wir sind heute ein wenig von der Küste entfernt unterwegs und gelangen in einen Wald, neben dem sich ein kleiner Fluss breitgemacht hat. Dieses dem Fluss entlang gehen hat irgendwie etwas von „Die Gefährten" aus Herr der Ringe. Selbstverständlich werden noch Bilder vor dieser herrlichen Kulisse gemacht, sodass wir den Richtungswechsel übersehen und einige Meter in die falsche Richtung marschieren. Schon piepst das GPS von Richard und führt uns wieder zurück auf die richtige Spur. An dem Punkt angelangt, an dem wir falsch abgebogen sind, sind „nur vier" Hinweise für die richtige Richtung. Wir lachen und fragen uns, wie wir sie übersehen konnten. Es war wahrscheinlich unser Herz, das uns in eine andere Richtung lotsen wollte.
Dafür geht es jetzt wieder eine kurze Zeit bergauf.

Die Sonne scheint wieder wärmer und wir beschließen mit

unseren Kräften hauszuhalten. Wir begegnen mehreren Peregrinos. Viele davon sind unmittelbar in Porto gestartet. Auf der Strecke treffen wir uns immer wieder, da jeder seine Pausen anders anlegt.
Lustig ist auch zu erwähnen, dass wir in eine Ortschaft namens „Chafé“ gekommen sind und was glauben Sie, haben wir dort getrunken? Nichts. Haha, wir sind einfach durchgegangen. Wäre jetzt auch zu einfach gewesen.

Wir überqueren den Río Limia und sind in VIANA DO CASTELO. Natürlich wird hier ein Kaffee mit bester Aussicht genossen, und wir beschließen hier zu übernachten.
Unsere gewaschenen T-Shirts hängen wir über die Wandbeleuchtung, womit wir einen Dimmeffekt erreichen. Sieht sehr stylish aus.

Im TV gibt es heute Fußball. Es spielt Benfica Lissabon gegen Paris Saint Germain in Frankreich. Sportlicher wird es heute nicht mehr. Die Übertragungen laufen, glaube ich, überall gleich ab. Fast eine Stunde früher mit allen Einzelheiten von gefühlten fünf Seiten beleuchtet und mindestens zwei Experten. Ich schlafe ein und weiß nicht, wie es ausgegangen ist.
„Bom Caminho.“

18.Tag 8,5 Std. / 1 Std. Pause / ca. 30km

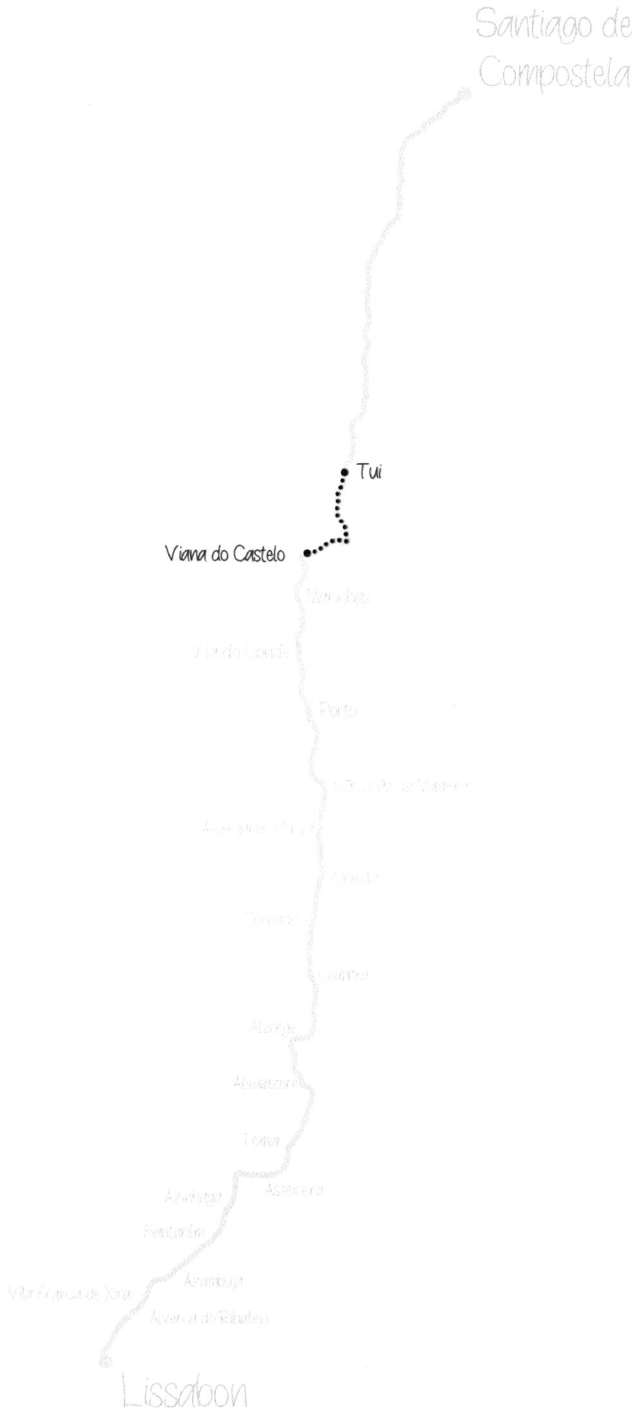
Santiago de
Compostela
Tui
Viana do Castelo
Porto
Tomar
Santarém
Azambuja
Vila Franca de Xira
Lissabon

19. Tag
Theater im Zug

Heute geht es wieder einmal eine Spur früher los. Frühstück und ab durch die Mitte steht doch eine Fahrt mit der Fähre auf dem Programm und die Eroberung Spaniens, – wenn wir es zeitlich schaffen. Doch es kommt anders als gedacht.

Start: 08:00 Uhr
Beim Frühstück erreicht mich die Nachricht, dass mein Flug verschoben werden muss. Der Flug geht angeblich einen Tag früher. Zwei Tage später kostet er das Doppelte.
Telefonate werden geführt. Schließlich die wahrscheinlichste Lösung: Wir fahren mit dem Zug nach CAMINHA und entscheiden dort, ob wir die Fähre nehmen oder auf den Zentralweg wechseln, um Zeit zu sparen, da der Küstenweg ja circa 30 Kilometer länger ist. Der Entschluss, Spanien zu erobern, steht jedenfalls fest. Olé!

Man soll ja immer das Positive in bestimmten Situationen sehen. Also: Wir können länger frühstücken, denn der Zug fährt ein wenig später ab.
Die Zugstrecke erinnert mich an unser diesjähriges Theater-Gastspiel im Zug: „Große Frauen - Große Reden".
Die „neuebuehnevillach" hat zu einer Zugfahrt der besonderen Art geladen. Im Rahmen von „neuebuehne im Zug" wurden bewegende Reden von Politikerinnen, Wissenschaftlerinnen, Künstlerinnen und Aktivistinnen während einer Sonderzugfahrt von 9. Juli bis 13. September präsentiert. Je zweimal wurde auf fünf unterschiedlichen Strecken quer durch Kärnten gespielt. Meine Interpretation der * Rede von „Beatrice Fihn" zum Friedensnobelpreis 2017 handelt von der Gefährlichkeit der Atomwaffen. Fihn ist Generalsekretärin der ICAN, einer Organisation, die sich für die Abschaffung von Atomwaffen einsetzt.

Wir spielten mit zwei Gruppen zu je fünf Personen in zwei verschiedenen Waggons. Bei der Hinfahrt spielte Gruppe A zuerst in Wagen A und die Gruppe B im Wagen B. Nach einer kurzen Pause fuhren wir die Strecke wieder zurück zum Ausgangspunkt. Hier wechselten nun die beiden Gruppen die Waggons. Somit hörten die Gäste (Passagiere) auf dieser einstündigen Fahrt insgesamt zehn Reden.

Beatrice Fihn Friedensnobelpreisverleihung (2017)

An Dutzenden von Orten auf der ganzen Welt - in Raketensilos, die in unserer Erde vergraben sind, auf U-Booten, die durch unsere Ozeane navigieren und an Bord von Flugzeugen, die hoch in unserem Himmel fliegen / - liegen 15.000 Zerstörungsobjekte der Menschheit.

Vielleicht ist es die Ungeheuerlichkeit dieser Tatsache, vielleicht ist es das unvorstellbare Ausmaß der Folgen, das viele dazu bringt, diese düstere Realität einfach zu akzeptieren. Unserem täglichen Leben nachzugehen, ohne an die Instrumente des Wahnsinns um uns herum zu denken.

Das Risiko eines Atomwaffeneinsatzes ist heute noch größer als am Ende des Kalten Krieges. Aber im Gegensatz zum Kalten Krieg sehen wir uns heute viel mehr atomar bewaffneten Staaten, Terroristen und Cyber-Kriegsführung gegenüber. All dies macht uns weniger sicher.

Ein Moment der Panik oder Unachtsamkeit, ein missverstandener Kommentar oder ein verletztes Ego könnten uns leicht unweigerlich zur Zerstörung ganzer Städte führen. Eine kalkulierte militärische Eskalation könnte zum wahllosen Massenmord an Zivilisten führen. Wenn nur ein kleiner Teil der heutigen Atomwaffen eingesetzt würde, würden Ruß und Rauch der Feuerstürme hoch in die Atmosphäre steigen und die Erdoberfläche für mehr als ein Jahrzehnt abkühlen, verdunkeln und austrocknen.

Es würde Nahrungspflanzen vernichten und Milliarden Menschen dem Hungertod aussetzen.

Dennoch leben wir weiterhin in Verleugnung dieser existenziellen Bedrohung. Atomwaffen sind die Waffe des Verrückten, die ständig an unsere Schläfe gehalten wird. Diese Waffen sollten uns freihalten, aber sie verweigern uns unsere Freiheiten.

Es ist ein Affront gegen die Demokratie, von diesen Waffen regiert zu werden.

Die Vereinigten Staaten wähle Freiheit statt Angst. Russland wähle Abrüstung statt Zerstörung. Großbritannien wähle Rechtsstaatlichkeit statt Unterdrückung.

Frankreich wähle Menschenrechte statt Terror. China wähle Vernunft statt Irrationalität. An alle Nationen: Entscheidet

euch für das Ende der Atomwaffen und nicht für das Ende der Menschheit.
Dies ist der Weg nach vorn. Es gibt nur einen Weg, den Einsatz von Atomwaffen zu verhindern: sie zu verbieten und abzuschaffen.
Nuklearwaffen wie zuvor chemische Waffen, biologische Waffen, Streumunition und Landminen sind jetzt illegal. Ihre Existenz ist unmoralisch. Ihre Abschaffung liegt in unserer Hand.
Das Ende ist unausweichlich. Aber wird dieses Ende das Ende der Atomwaffen oder das Ende von uns sein? Wir müssen uns für eine entscheiden.
Wir sind eine Bewegung für Rationalität. Für die Demokratie. Für die Freiheit von Angst. Wir sind Aktivisten von 468 Organisationen, die daran arbeiten, die Zukunft zu sichern, und wir vertreten die moralische Mehrheit: die Milliarden von Menschen, die das Leben dem Tod vorziehen, die gemeinsam das Ende der Atomwaffen erleben werden. Danke.

Wieder so eine Geschichte, die man selbst erlebt haben muss, sonst glaubt es dir keiner.
Am Bahnhof fällt mir meine Brille zu Boden und leichte Kratzspuren im Glas sind sichtbar. Ich denke mir noch meinen Teil dazu und behalte die Contenance vor den anderen Zuggästen. Zehn Minuten später bekomme ich eine * SMS vom Optiker meines Vertrauens mit dem Hinweis, auf Gläser gebe es zurzeit 45 Prozent Preisnachlass. Unglaublich. Ich möchte meine Brillengläser reinigen, habe aber nichts bei mir, um diese reinigen zu können.
Dem Ganzen nicht genug, steigt ein Passagier eine Haltestelle vor uns aus und was bleibt auf dessen Sitz liegen? Richtig! Zwei Stück Brillenputztücher. Es wird immer unglaublicher… Wenn das heute so weitergeht? Na Bumm, Caminho.

In CAMINHA angelangt, entscheiden wir uns für den Zentralweg am Rio Minho entlang. Über SEIXAS, LANHELAS, VILA NOVA DE CERVEIRA nach VALENCA (Spanien) gelangen wir nach TUI.

Kaffee Time. Wir erreichen eine Bar voll mit Männern. Die

Bedienung wird natürlich von einer Frau erledigt. An uns weht der Wind ein Plastiksackerl vorbei und mir fällt STS bzw. Gerd Steinbäcker mit „Herbst auf der Insel“ ein. Kann man auch auf Portugal ummünzen, denn einige Bars oder Restaurants auf diesem Weg haben bereits geschlossen.

Gert Steinbäcker - Herbst auf der Insel
Das letzte Strandbett aus Plastik verschwindt.
Die Plastiksack'ln erledigt der Wind.
Die Fischer flicken ihr Netz, es ist, als ob nie was war.
Der Strand schaut aus wie vor zehn Jahr.
Es gibt jetzt andere Sachen zum Schauen, und die letzte von drei schönen Frauen.
Sitzt am Abend allein, bewacht von zehn Haberer, in der einzig noch offenen Bar.
Es ist Herbst auf der Insel, die schönste Zeit

Der Hunger in uns macht sich bemerkbar und wir suchen ein Restaurant in VILA MEÁ, um etwas zu essen. Alle Lokale hier sind voll, was uns wundert. In Spanien ist Feiertag, deshalb kommen hier alle über die Grenze zum Essen. Im vierten Lokal versuchen wir ebenfalls umsonst einen Platz zu bekommen, dafür erhalten wir zwei Peregrinos als Entschädigung unser Bier gratis. Grüße vom Chef, der in Lech am Arlberg vor Jahrzehnten gelernt hat und erfahren hat, dass ich Österreicher bin.
Echt cooler Tag heute, der voller Überraschungen steckt.

In VALENCA angekommen stecken wir plötzlich im Stau. Nein, kein Stau aufgrund vieler Peregrinos. Nein, nein. Hatte ich erwähnt, dass in Spanien Feiertag ist? Genau Tausende von Menschen, die meisten davon Spanier, strömen durch diese kleinen Gassen und geben sich dem Kaufrausch hin. Irgendwie ähnelt das ganze Spektakel hier venezianischen Verhältnissen. Seltsamerweise verspüre ich nicht den kleinsten Wunsch, etwas zu kaufen. Wir versuchen durch die Außengassen schneller vorwärtszukommen.

Spanien wird um 18:00 Uhr nicht wie geplant zu Wasser und per Schiff, sondern am Landweg und zu Fuß eingenommen. Olé!

Zur Belohnung gehts in die „Le Crep Dapia". Richard und ich gehen schnurstracks ins Lokal, bis, ja bis wir sehr dezent, aber bestimmt darauf aufmerksam gemacht werden, dass es zu warten gilt. Als ob wir die Zweierschlange vor dem süßen kleinen Crêpes Laden nicht gesehen hätten. Wir dürfen dann doch Platz nehmen. Zwar müssen wir einige Zeit auf, zuerst die Bestellung, dann aufs Essen warten, aber das macht sich bezahlt. Ich möchte hier jetzt nicht kitschig klingen, aber was das Trio hinterm Tresen in kürzester Zeit für unendlich viele Menschen und dann nicht nur für den Gaumen, sondern auch für das Auge zaubern, ist schon phänomenal. Von der Herzlichkeit ganz zu schweigen. Wir nehmen einen Salat, eine Art César Salad zu uns. Einfach köstlich.
Dem nicht genug, entschließen wir uns noch für eine Crêpes mit Vanilleeis und Walnüssen und und und...
Wir sind im kulinarischen Himmel angelangt. Einfach unglaublich, welch ein Geschmack. Als wir das Lokal verlassen, ist die Warteschlange nicht kleiner geworden.

Am Weg zur Herberge kommen wir noch an einer Tapas Bar mit dem Namen „Emma" vorbei. Schon schießen mir die Tränen in die Augen, weil ich an meine im letzten Jahr verstorbene Hündin Emma denken muss. Sie fehlt mir so sehr.
„Bom Caminho".

19.Tag: 10 Std. / 1 Std. Pause / ca. 33km

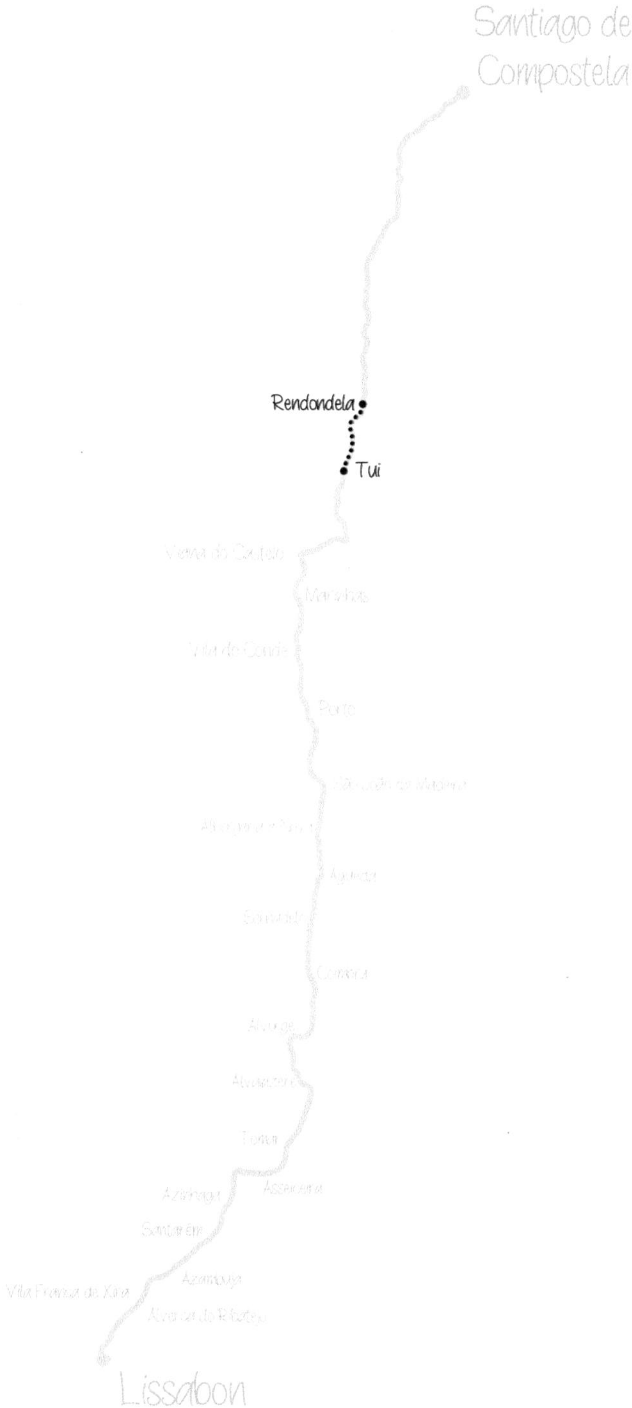
Santiago de Compostela
Rendondela
Tui
Viana do Castelo
Marinhas
Vila do Conde
Porto
Alvorge
Tomar
Asseiceira
Azinhaga
Santarém
Azambuja
Vila Franca de Xira
Lissaboon

20. Tag
Ganslhautalarm

Es ist wieder einmal 03:30 Uhr und ich kann nicht schlafen. Denke an Emma. Wenn ich meine Aufzeichnungen bis jetzt so durch scrolle, ich schreibe ja nur am Handy mit, fühlt sich alles Erlebte in diesen 20 Tagen großartig oder besser gesagt einzigartig an.
Junge, Junge, wer hätte gedacht, dass ich das durchhalte? Ich versuche trotzdem noch etwas zu schlafen, um für den heutigen Tag fit zu sein, gilt es doch den Zeitplan für die letzten Tage strikt einzuhalten. Es ist mir gelungen, bis 08:00 Uhr zu schlafen.

Start: 09:30 Uhr
Bei leichtem Nebel starten wir in TUI. Zack, schon habe ich Michael Bublé im Ohr mit „A foggy Day". Ich liebe Michael Bublé, vor allem sein Xmas Album. Mein Gott, jedes Jahr wird es von mir rauf und runter gespielt.

Michael Bublé - A foggy Day
A foggy day in London Town
Had me low and had me down
I viewed the morning with such alarm

The British Museum had lost its charm
How long, I wondered, could this thing last? But the age of miracles hadn't passed
For, suddenly, I saw you there And through foggy London Town
The sun was shining everywhere.

Erster Stopp in CAPELA VIRCE DO CAMIÑO und zur Feier meiner erreichten 500 Kilometer beginnt jemand mit dem Dudelsack zu spielen, und jetzt darf es ein Kaffee sein. Schon sind an die 30 neue Peregrinos anwesend. Wenn neue Peregrinos dazu stoßen, die nur die letzten hundert Kilometer absolvieren, sind sie an der Größe und Art der Rucksäcke leicht zu erkennen.
Wir stärken uns, denn es stehen noch einige Kilometer an.

Aber zurück zum Dudelsack. Auf den AIDA-Reisen in den Norden, vorzüglich Schottland und Irland, war es üblich, dass wir Offiziere an einem Abend auf der Bühne einen Riverdance alla Michael Flately zum Besten gaben. Natürlich im Kilt. Was war das immer für ein Spaß, und das nicht nur fürs Publikum, nein, auch für uns. Spätestens bei der dritten Zugabe stand der Saal kopf. Und auf die Frage, wie es unterm Kilt aussieht, gibt es keine Antwort, es bleibt ein Geheimnis, das nicht gelüftet wird.

In der Zona Industrial gibt es ein Gelände mit über 5000 Neuwagen, der Caminho wird sofort in „Carminho“ umgetauft. Ich bin kurz stolz auf diesen Wortwitz. Grins.
Um 14:30 Uhr kommen wir unter die 100 km Marke bis Santiago, und in MOS gibt es ein wenig später als Draufgabe ein köstliches Mittagessen, bevor wir die letzten beiden Stunden für heute in Angriff nehmen.

Jetzt hätte ich fast eine nette Anekdote vergessen. Die letzten Kilometer bis zum Lokal gingen wir hinter zwei weiblichen Pelegrinas, wobei eine davon „Smiley Socken“ trug. Die lachenden Smileys waren hinten angebracht, somit wurden wir angelächelt.

Mit vollem Bauch gehts gleich bergauf und die Mühe scheint wie so oft nicht enden zu wollen. Es geht natürlich auch wieder runter. In diesem Fall war es rauf leichter als runter vom Berg. Abwärts nach RENDONELA geht es steiler hinab als in der Mausefalle auf der Streif in Kitzbühel. Ich hör schon den Armin Assinger in meinem Lied „Ganshautalarm“ sagen: „schau wie schnöll der da aus der Kurven außer kummt“ - GANSLHAUTALARM!

Ganslhautalarm
I steh oben am Start
und die Abfahrt die werd ziemlich hart
Des erste blaue Tor,
Is für mi noch lang ka Gfoahr, bis jetzt

Wenn der Schnee fallt dann bin i bereit –
Ausstemmen, Beiziehen, Lafnlossn
für a Skihaserl & Hüttengaudizeit

links - rechts, vor und zruck
Hin und her - des is nit so schwer....
links und rechts, vor und zruck,
hin und her

Wenn ich früh morgen's auf den Berg rauf geh
Und mei Lieblingshütt´n seh
Fühl ich mich einfach frei und denk dabei
Das i was trinken geh und des is sche

I bin schon knapp vorm Zül,
und i hab do so a Wahnsinns-Gfühl
I hör schon den Applaus
und i miaßat afoch nur grod aus

Doch i sig dort mei Hütt´n und kehr ein –
Ausstemmen, Beiziehen, Lafnlossn
es muaß jetzt Skihaserl & Hüttengaudi sein

links - rechts, vor und zruck
Hin und her - des is nit so schwer....
links und rechts, vor und zruck,
hin und her

Wenn ich früh morgen's auf den Berg rauf geh
Und mei Lieblingshütt´n seh
Fühl ich mich einfach frei und denk dabei
Das i was trinken geh und des is sche
Juhhhuhhhuhhuuiiii

Und nach einer den längsten Streckenabschnitte geht es Richtung Zimmer. Vor dem Einschlafen kommt leider noch die schlechte Nachricht: Die Wettervorschau sagt von Samstag bis Dienstag Regen an. Wir hoffen mal das Beste. Die Aufregung für die letzten Kilometer und Tage steigt trotzdem. Der Countdown läuft.
„Bom Caminho".

20.Tag 9 Std. / 1 Std. Pause / ca. 39km

jetzt
scannen
und
reinhören

Apple Music

Spotify

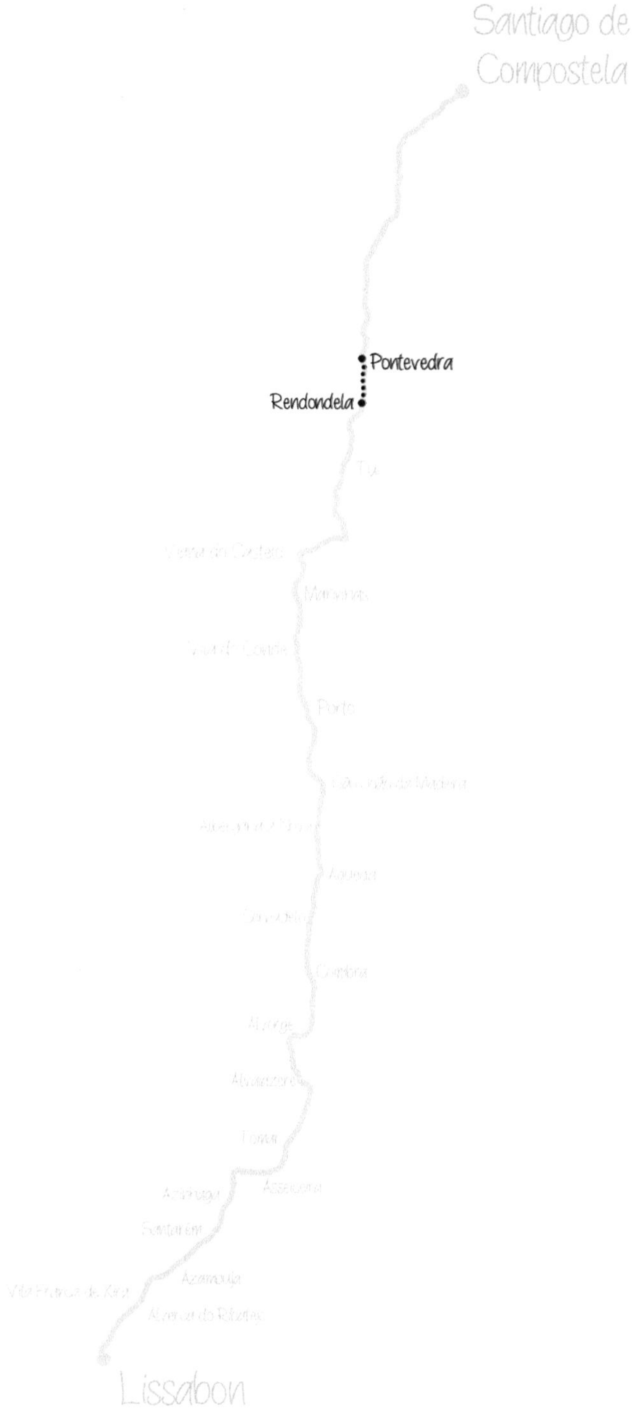
Santiago de Compostela
Pontevedra
Rendondela
Porto
Santarém
Azambuja
Lissabon

21. Tag
Waschtag

Heute vor drei Wochen bin ich von Klagenfurt über Wien nach Lissabon aufgebrochen, um den Caminho Portugués zu gehen. Ich erinnere mich noch ganz genau, als ich 2011 schon mit dem Gedanken gespielt habe, den Jakobsweg zu gehen. Der Pilgerpass war schon bestellt und einige Reiseutensilien besorgt. In letzter Konsequenz hörte ich auf mein Außen und bin nicht losgegangen. Seitdem ließen mich Gedanken und Faszination aber nicht mehr los.
Am 30. Oktober 2017 war es dann so weit. Mit AIDA Cruises kam ich nach Santiago di Compostela und fühlte mich von Anfang an magisch von diesem Ort angezogen. Als ich dann noch hörte, der Heilige Jakobus ist am gleichen Tag wie meine Großmutter, nämlich am
25.7. geboren, war es um mich geschehen. Hatte ich doch meine Oma gerade erst im September 2017 für immer verloren. Irgendwie hatte ich das Gefühl, dass sie auf meinen Landurlaub gewartet hat, damit wir voneinander Abschied nehmen konnten. Später hat mir dies meine Mutter in einem Gespräch bestätigt. Oma soll in einem ihrer klaren Momente gesagt haben: „Mario kommt nach Hause". Ich habe dann unmittelbar danach in der ersten Oktoberwoche wieder meinen Dienst angetreten und wusste noch nicht, dass Santiago am Reiseplan stand. Wie bereits erwähnt, spürte ich da nochmals ganz intensiv den Wunsch, diesen Weg gehen zu wollen. Danke Oma. Ich vermisse dich.

Start: 09:00 Uhr
Wir scheinen Glück zu haben. Es ist ziemlich feucht, aber es regnet nicht und wir gehen los. Den Kaffee bzw. das Frühstück verschieben wir auf den nächsten Ort, den wir erreichen werden. CESANTES liegt aber noch im Halbschlaf und wir müssen uns gedulden und weitergehen. Was folgt, ist ein weiterer Anstieg, der mir ohne Frühstück ein wenig zu schaffen macht. Glücklicherweise befinden sich plötzlich kleine private Verkaufsstände mitten im Wald. Als würden sie wissen, dass ausgehungerte Peregrinos, wie ich es einer bin, unterwegs sind. Von Souvenirs über Getränke bis zu Früchten, sie bieten alles, was das Herz begehrt.

In ARCADE finden wir ein Frühstück und ich Ruhe. Allerdings

muss ich mein Shirt wechseln, ich bin durchnässt, obwohl es nicht regnet und es nur 16 Grad hat. Es wird wohl eher der soeben erfolgte Anstieg der Grund dafür sein.

Um 13:50 Uhr schlägt unser Checker Richard zu und organisiert ein kostengünstiges Zimmer in einem Hostel. Punkt 14:00 Uhr kommen wir in PONTEVERDA an. Das Zimmer ist großartig und hat eine Laundry Station.

Wir wollen doch mit frischer Wäsche und gut duftend in Santiago ankommen.

Da noch 65 Kilometer anstehen, überlegen wir es uns sogar, bereits am Montag in Santiago zu sein. Wenn wir am Samstag 20 Kilometer, am Sonntag 25 Kilometer und am Montag wieder 20 Kilometer machen, müsste es sich ausgehen. Wir wollen morgen früh, wie auch heute erst das Wetter abwarten und entscheiden dann.

Wir gehen zur Waschmaschine, die zu diesem Zeitpunkt noch wäscht. Dort stehen eine leere und eine mit Wäsche gefüllte Box. Als die Waschmaschine fertig ist und niemand kommt, um die Wäsche herauszunehmen, gehen wir davon aus, dass wir diese Wäsche in die zweite Box geben können, um mit unserer Wäsche zu beginnen. Genau als wir den Startknopf drücken, erscheint ein älterer Herr, der uns versucht zu erklären, dass die Wäsche in der ersten Box noch nicht gewaschen ist und deshalb dasteht, weil er jetzt an der Reihe sei. Ihr wisst was jetzt kommt? First come, first wash! Jetzt sitzen Richard und ich an der Bar und warten auf unsere Wäsche. Ich bin mal gespannt, wie die Waschgeschichte weitergeht. Nach einem Peregrino-Bier gehen wir zurück zur Wäsche. Der Mann hat gelernt, er hat gewartet.
Alle Sachen kommen noch in den Trockner und danach heißt es für uns ab in die Stadt zum Abendessen.

Mein Alles-Checker Richard hat selbstverständlich ein tolles indisches Restaurant ausfindig gemacht. „The New Bombay Palace". Zum Start bekommen wir Indisches Fladenbrot mit drei verschiedenen Dips: Avocado, Mango und Spicy Sour.

Als Starter wähle ich Suppe mit feinsten Aromen und typischen indischen Gewürzen in leichter Breiform. Danach folgt Huhn mit Gemüse und Reis in dezenter Spice Sauce. Purer Genuss kann ich da nur sagen.

Am Heimweg liegen plötzlich zwei Fünf-Euro-Noten vor mir auf dem Boden. Mein Opa würde sagen: „Glück muss man haben und schön muss man sein". Diese zehn Euro sollen uns morgen fürs Frühstück dienen ¬– oder doch eher für Cervezas in den Mittag hinein.

Ich zeige Richard mein Buchcover von „Ode an die Trauer". Er lächelt und meint, es gefällt ihm, er greift zum Handy und zeigt mir auch ein Buchcover, nämlich von seinem Buch. RIKARD ANDERSON - VÄRLDEN VAR SOM EN BRA BOK. Zwei Autoren unter sich.
„Bom Caminho".

21.Tag: 5 Std. / 1 Std. Pause / ca. 20km

Estrella Galicia
Estrella Galicia
CERVEZA
Especial
HELLES EXPORTBIER
25 EBU / 9 EBC
Estrella Galicia
RESISTENCIA DESDE 1906

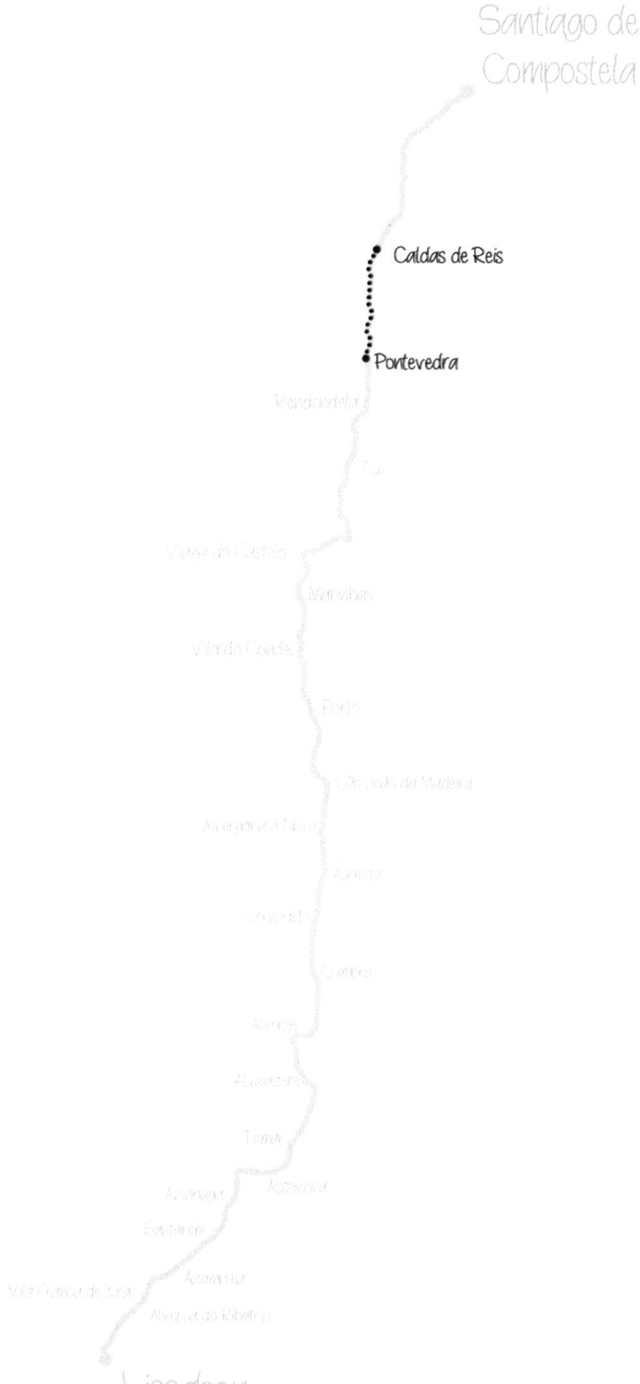
Santiago de Compostela
Caldas de Reis
Pontevedra
Rendondela
Marinhas
Vila do Conde
Porto
Tomar
Santarém
Vila Franca de Xira
Alverca do Ribatejo
Lissabon

22. Tag
When i'm sixty-four

Wir haben uns gestern noch Gedanken gemacht, ob wir die restlichen Kilometer bis Montagnachmittag aufteilen, statt bis Dienstagmittag. Der Wetterbericht spricht ja gegen dieses Unterfangen. Mal sehen. Im Moment sieht es gut aus. Wir starten und ich beginne meine 4. Woche. Also irgendetwas duftet hier nicht so elegant, obwohl wir gestern Waschtag hatten. Klar, der Rucksack! Oder besser gesagt die Rückengurte, sie haben ja bis jetzt so einiges ertragen.
Ich muss daran denken, diese Situation zu ändern.

Start: 08:15 Uhr
Und dieser Start hat es in sich, denn plötzlich taucht eine Skulptur in Form einer großen Zahl vor uns auf. Diese Zahlenskulptur symbolisiert die noch zu gehenden 64,5 Kilometer bis Santiago. Und Zack, schon singe ich die Melodie von den Beatles "Will you still feed me when I'm 64"

Beatles - When I'm sixty-four When I get older losing my hair
Many years from now
Will you still be sending me a Valentine Birthday greetings bottle of wine
If I'd been out till quarter to three Would you lock the door
Will you still need me, will you still feed me
When I'm sixty-four

Wir scheinen Glück zu haben, denn wir sind schon zwei Stunden ohne Regen unterwegs. Nur Kaffee gab es bis jetzt noch keinen auf dieser Strecke.
Kurz gewünscht und schon steht er in Form eines Getränkeautomaten am Straßenrand. Ich gönne mir einen Cappuccino im Becher und Richard verwendet den Automaten mit den Kaltgetränken nebenan.

Es kommt, wie es kommen musste. Ich habe ein Flashback. Ihr erinnert euch, als mir in Villa Franca de Xira im Hostel der Automaten meine Schokolade nicht auswarf. Und schon ist es passiert: Die Dose von Richard bleibt im Automat stecken. Als wir kurz nachhelfen, steht auch schon der Besitzer in der Tür. Er lächelt, öffnet die Automatentüre und gibt die Limonadendose raus.

Kaum sind wir wieder am Weg, beginnt es zu regnen. Wir packen unseren Regenschutz aus, sind circa 30 Minuten später in SAN MAURO und genießen ein Frühstück. Zwei Kaffees, ein belegter Toast mit Schinken, Ei und Avocado schmecken einfach besser, wenn du schon einige Kilometer in den Beinen hast. Wir zahlen und sind um 11:00 Uhr gestärkt wieder unterwegs. Jetzt fehlt nur noch die Sonne, denn wir haben ja brav alles aufgegessen.
Zehn Minuten später blinzelt die Sonne durch die dichten Wolken und ich beginne wieder so vor mich hinzusingen: „Sunrise, sunrise“. Ein Teil der Regenbekleidung wird wieder eingepackt.

Nora Jones - Sunrise Sunrise, sunrise
Looks like mornin' in your eyes But the clock's held 9:15 for hours Sunrise, sunrise
Couldn't tempt us if it tried
'Cause the afternoon's already come and gone And I said
Hoo, ooh, ooh, ooh

Seit wir in Spanien sind, gibt es gut alle 150 Meter einen etwas größeren Randstein, der die Richtung und die noch übrigen Kilometer bis Santiago anzeigt. Das dient eher dem Demotivieren als dem Motivieren finde ich, denn du schaust unweigerlich immer darauf, wie viele Kilometer du schon hinter dir hast und ein Kilometer kommt dir dadurch noch länger vor.
Bevor das in leichten Frust umschlägt, machen wir eine Pause und genießen zwei Cervezas in BRIALLOS und zahlen mit den zehn Euro, die ich gestern gefunden habe.

Über mir hängt eine etwas ältere Landkarte, die ich sofort fotografieren muss, denn unser wunderschönes Kärnten wird hier mit „CARINTIA“ angeführt.

Was mir heute besonders auffällt, sind die vielen Biker, und die sind nicht langsam unterwegs.

Vermehrt tauchen die Hinweistafeln und Straßenschilder mit dem Namen Santiago di Compostela auf, und du realisierst,

dass du es bald geschafft hast. Apropos geschafft: Morgen früh werde ich nach einigen Minuten meinen 600. Kilometer geschafft haben. Klingt nicht nur ziemlich cool, ist es auch. Dank Pascale habe ich ja einen zweiten Pilgerpass bei mir. In meinem ersten „Credencial“ passen keine Stempel mehr rein, so brav habe ich unterwegs gesammelt. Zuerst wollte ich alle in einem unterbringen, aber wenn du in Lissabon startest, ist das ein schwieriges Unterfangen.
Am Abend genehmigen wir uns in CALDAS DE REIS das Peregrino-Menü. Pasta Bolognese als Starter, es folgt ein Rindsteak, ein Stück Kuchen als Nachspeise und mit einem Glas Rotwein runden wir das Menü ab.

Ich liege gerade im Bett und höre Musik über meine EarPods. Ich kann nicht einschlafen. Zuviel geht mir durch den Kopf. Zwei Tage sind es noch bis Santiago, wenn das Wetter mitspielt.

Was dann?
Wieder ins Außen gehen, wo gerade der Weg ins Innen erfolgt ist?
Sind wir nicht täglich zugemüllt mit so viel Dingen, dass unsere Seele keinen Platz hat, sich zu entfalten? Reagieren wir nicht nur mehr, statt zu agieren? Haben wir nicht irgendwann irgendwo das Ruder des Lebens aus der Hand gegeben? Schleppen wir nicht nur unseren Körper, sondern auch Materielles mit uns mit? Sind unsere Glaubenssätze aktuell noch (er)lebbar? Was treibt uns noch an? Haben wir noch Wünsche und Ziele oder liegen diese bereits unter all dem Schrott, der auf uns niederprasselt, vergraben? Tägliche Propaganda und Social Media machen es einem schwer zu differenzieren, was gut und was schlecht ist. Rund um die Uhr online und jederzeit erreichbar, wann kommen wir zur Ruhe? Verwechseln wir nicht Geschäftigkeit mit Lebendigkeit? Es muss nicht unbedingt ein Caminho sein, um abzuschalten oder in Ruhe eine Reise zu seinem Ich zu beginnen. Wichtig ist dabei, das Wissen etwas tun zu dürfen, das einem guttut, den ersten Schritt zu setzen. Entscheidend ist doch, Zeit dafür zu haben, Antworten zu finden, diese zu verstehen und ins Leben einzubauen.

Zweifelsohne sind Menschen, die sich auf ihren Weg machen, einen Schritt weiter. Auf dieser Reise können natürlich Antworten entstehen und dadurch zu einem Wendepunkt im Leben führen.
Wir haben nur dieses eine Leben. Wir befinden uns in der Premiere und nicht in der Generalprobe.

22.Tag: 6 Std. / 1 Std. Pause / ca. 22 km

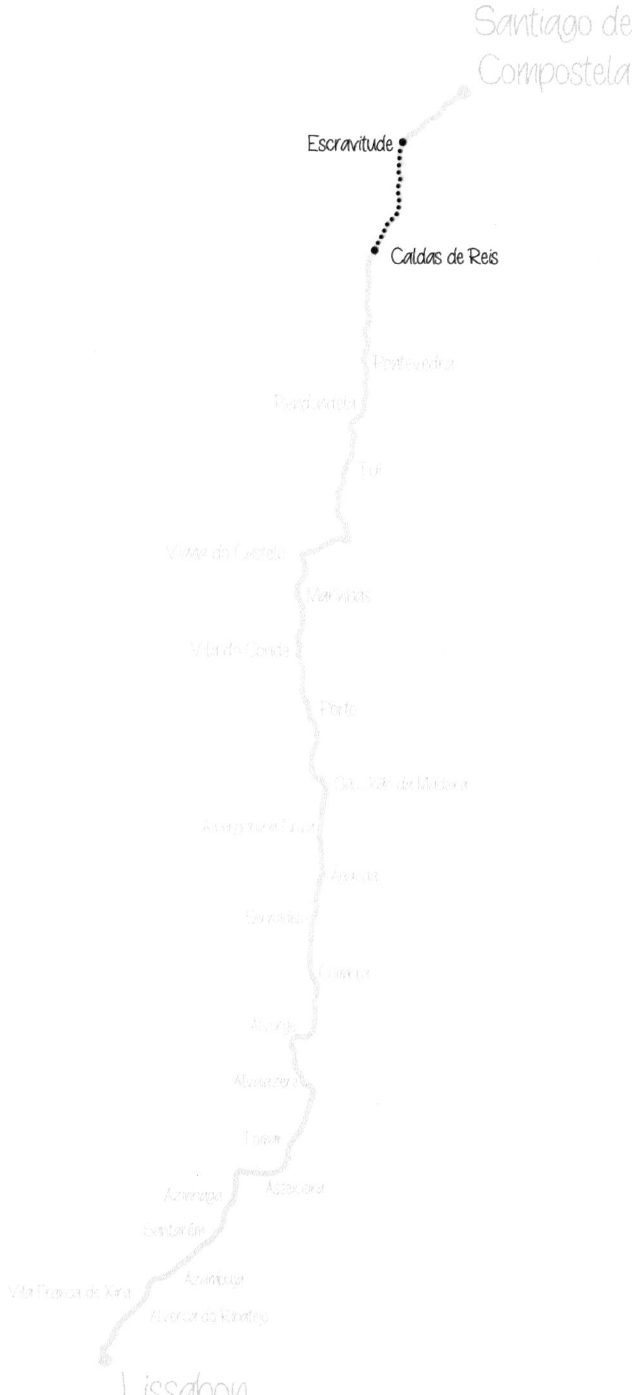
Santiago de Compostela
Escravitude
Caldas de Reis
Pontevedra
Redondela
Tui
Viana do Castelo
Marinhas
Vila do Conde
Porto
Alvaiázere
Tomar
Azinhaga
Santarém
Azambuja
Vila Franca de Xira
Alverca do Ribatejo
Lissabon

23. Tag
Fünfunzwanzig - Sieben

Ich habe mehr als gut geschlafen, obwohl mir gestern Abend noch so viele Dinge durch den Kopf gegangen sind, muss ich sagen, ich bin doch ein wenig aufgeregt. Für die beiden letzten geplanten Etappen sind heute 25 Kilometer und morgen 20 Kilometer vorgesehen. Jetzt mal raus aus den Federn und frühstücken. Mit dem Wettergott führe ich später ein Gespräch.

Start: 08:30 Uhr
Wie wir unser Hostel verlassen, stehen eine Runde Peregrinos vorm Eingang. Ich: „You are waiting for a Taxi?" Wir lachen. Richard und ich marschieren dennoch los. Es ist noch relativ dunkel und wir sehen die Hinweise nicht. Nach zwei Minuten bemerken wir, wir gehen in die falsche Richtung, drehen um und kommen wieder am Hostel vorbei. Die Gruppe steht noch davor. Jetzt lachen nicht wir.

2. Start: 08:35 Uhr
Ich bin jetzt ein paar Minuten unterwegs und habe das Gefühl, einen kleinen Kieselstein in meinem rechten Schuh zu haben. Nun ist es ja so, dass diese kleinen Steinchen die Angewohnheit haben, während des Gehens zu wandern. Von den Zehen vorne nach hinten zu den Fersen und von links nach rechts. Wenn du dann überzeugt bist, stehen bleiben zu müssen, spürst du es nicht mehr. Es kommt wieder und verschwindet auch wieder. Und genau in dem Moment, in dem es zu regnen anfängt und du dich in die Regenuniform geworfen hast, da hat sich das Steinchen plötzlich vermehrt. Ich bleib unter dem Dach einer Bushaltestelle stehen und ziehe den rechten Schuh aus.

Ich schüttle den Schuh aus, ziehe ihn wieder an und freu mich auf die Regeneinheit. Wäre da nicht der linke Schuh, in dem sich plötzlich auch so ein Steinchen bemerkbar macht. Hätte ich so Sprechblasen wie in den Comics mit Asterix und Obelix in meinem Buch hier eingebaut, gäbe es jetzt diese unbeschreiblichen Zeichen, die immer dann verwendet werden, wenn geschimpft wird.

Ich bleibe nochmals stehen, aber nun ohne Dach über dem Kopf und versuche das Gleichgewicht zu halten, um nicht in eine Pfütze zu treten, während ich den linken Schuh schüttle. Geschafft, weiter gehts.

Ich habe ja erwähnt, dass ich mit dem Wettergott ein ernstes Wörtchen reden wollte. Ich mach's kurz. Er hat sich ziemlich geziert und hat es aus vollen Rohren regnen lassen.
In dem Moment, als ich fluche, lautlos natürlich, lässt er doch tatsächlich einen Regenbogen erscheinen, der uns fast den Weg zu einem supersüßen Restaurant in O PINO führt.
So kommt es heute erst nach 2,5 Stunden zur ersten Pause. Ein sehr gut schmeckender Kaffee, Smoothie und Bocadillos calientes stehen auf dem Plan. Aus dem Lautsprecher höre ich die Pet Shop Boys mit „How'm I gonna get through, how'm I gonna get trough".

Pet Shop Boys - „How'm I gonna get through, how'm I gonna get trough".
What have I, what have I, what have I done to deserve this?
What have I, what have I, what have I done to deserve this?

Um 11:30 Uhr gehts weiter. Im Regen natürlich. Ich lasse mir mein nächstes Erlebnis, den 600. Kilometer zu feiern, doch nicht von diesem Wetter verderben.

Bevor wir gegen 15:00 Uhr in A ESCRAVITUDE ankommen, marschieren wir noch den Bahngleisen entlang. Kurz bevor wir auf die Hauptstraße abbiegen, sehe ich vor dem Bahnübergang die Hinweistafel mit den Zahlen 25/7.
Wir erinnern uns, der Jahrestag von Jakobus und der Geburtstag meiner Großmutter. So schließt sich der Kreis einen Tag bevor ich in Santiago ankomme, denke ich mir. Es ist nicht ganz auf den Tag genau fünf Jahre (30. Oktober 2017) her, als ich instinktiv beschlossen habe, morgen wiederzukehren.

Noch sind es 18 Kilometer. Die Vorfreude steigt. Vielleicht lässt sich ja der Wettergott für morgen erweichen und lässt das mit dem angekündigten Regen sein. Wäre nett von ihm. Wir beziehen unsere private Herberge.

Sehr sauber und modern eingerichtet.

Es schüttet aus allen Eimern. „Bom Caminho".

23. Tag: 6,5 Std. / 1 Std. Pause / ca. 25km

Santiago de Compostela
Escravitude
Caldas de Reis
Pontevedra
Redondela
Vila do Conde
Porto
Coimbra
Tomar
Azinhaga
Santarém
Azambuja
Vila Franca de Xira
Alverca do Ribatejo
Lissabon

24. Tag
Santiago

Nun ist es so weit, die letzten Kilometer nach Santiago di Compostela stehen an. Noch habe ich nicht aus dem Fenster gesehe, ob mich der Wettergott erhört hat, aber das Geräusch, wenn ein Auto auf nasser Fahrbahn fährt, kenne ich leider zu gut. In zwei Stunden, so gegen 08:00 Uhr wollen wir uns hier auf den Weg machen. Ich bin schon sehr gespannt, wie viele Peregrinos auf den letzten Metern zu uns stoßen werden.

Ich habe die Informationen über Santiago aus der AIDA Heute (Schiffszeitung) von 2017 noch so ungefähr im Gedächtnis.

Willkommen in Galicien - der nordwestliche Teil Spaniens liegt versteckt vom Rest der Iberischen Halbinsel hinter wild zerklüfteten Bergketten. Vielleicht ist das der Grund dafür, dass seine sympathischen Bewohner seit jeher etwas anders sind als der Rest ihrer Landsleute. Man sagt, Galicier würden ihre Heimat nur ungern verlassen. Warum auch? Schließlich kommt die halbe Welt nach Galicien: Seitdem die Hauptstadt Santiago de Compostela vor beinahe 1.200 Jahren zum Wallfahrtsort erklärt wurde, pilgern Gläubige über den Jakobsweg hierher, um die prächtige Kathedrale zu bewundern.

Jedenfalls war es damals ein sonniger Tag. Ich mache mich dann mal fertig für heute. Frühstück ist angesagt.

Start: 09:00 Uhr
Doch ein wenig später als geplant. Was soll ich sagen, es schüttet. Ich weiß, auch das Leben besteht nicht nur aus Sonnenschein. Dass jene, statistisch gesehen vier Regentage im Oktober ausgerechnet auf unsere letzten vier Tage fallen, tut dem Ganzen letztendlich keinen Abbruch.

Letzter offizieller Stopp ist neun Kilometer vor Santiago. Toast und ein Cerveza und weiter gehts. Finale. Countdown. Zuvor halte ich noch einmal an der Box und wechsle vom durchnässten Shirt auf ein trockenes.
Kaum ein paar Minuten am Weg, holt mich wieder ein Flashback ein. Ich spüre die Energie von 2017 und habe plötzlich den Geruch von Weihrauch in der Nase.

Es regnet weiter, und plötzlich, als ob jemand auf einen Knopf drücken würde als Richard und ich um 14:00 Uhr die Kathedrale erreichen, scheint für ein paar Minuten leicht die Sonne.
Wir genießen bis zum nächsten Regen diesen Moment am Platz und halten inne. Als der Regen doch wieder stärker wird, beschließen wir zuerst die Herberge aufzusuchen und morgen früh nochmals zur Kathedrale zu gehen, die Compostela zu besorgen und die Messe zu besuchen.

Ich kann es noch gar nicht so richtig fassen: Ich bin angekommen. Morgen wird mir das Gehen bestimmt fehlen.

Der Abend und der Hunger kündigen sich an. Gemütlich sitzen Richard und ich in oder besser gesagt vor einem Tappas-Lokal in der Altstadt, mit Blick auf einen der beiden Türme der Kathedrale. Eine Fotomontage lässt erahnen, wie lange wir dort gesessen sind. Die Tappas schmecken vorzüglich, die Cervezas auch und die Zeit vergeht wie im Flug. Wir unterhalten uns mit Engländern, mit Iren und mit Spaniern. Es macht Spaß, ohne Stress in der Stadt zu sitzen und an weitere Kilometer zu denken. Natürlich habe ich meinen Pilgerpass dabei, denn wo ein Stempel ist, ist auch mein Pass. Da ich meine Ausgehuniform anhabe, besitze ich keine Seitentasche, in der mein Credencial Platz hätte, der Grund, warum er in meiner Gesäßtasche landet. So weit, so gut. Gegen 22:00 Uhr bezahlen wir und machen uns auf den Rückweg zur Herberge. Was ich zu diesem Zeitpunkt nicht weiß, ohne meinen Pilgerpass, denn der scheint mir aus der Hose gefallen zu sein.

Als wir so 10 Minuten marschieren, taste ich nach meiner Gesäßtasche und der Schock lässt mich wie gelähmt erstarren. Er ist weg. Verloren. Irgendwo im Getümmel von Santiago. Na super, Herr Kuttnig, denke ich mir, 647 Kilometer alles im Griff und jetzt das. Was tun? Ohne Pilgerpass gibt es keine Compostela Urkunde. Mein Puls rast. Ich sage Richard, er soll mit der dahin zusammengefundenen Gruppe in die Herberge vorgehen, ich gehe nochmals den Weg zum Lokal zurück.

Mit gefühltem Puls von 200 marschiere ich die winkeligen Gassen zurück. Bei jeder Ecke, an der ich abbiege, denke ich nach, ob es auch die Richtige war. Irgendwo bin ich dann doch falsch abgebogen, wusste aber trotzdem in etwa die Richtung. Der Pass könnte ja noch am Boden liegen, und was, wenn es ausgerechnet jetzt die falsche Straße ist, in der ich suche? Ich bin überzeugt, den Pass im Restaurant verloren zu haben.

Entweder im Freien, wo wir gesessen sind oder auf der Toilette. Endlich angelangt, finde ich an unserem Platz - nichts. Ich gehe ins Lokal und erkundige mich, ob ein Pilgerpass gefunden worden sei. Kopfschütteln war die Antwort des Bedienungspersonals. Ich gehe auch zur Toilette, um nachzusehen. Nichts. Ich stehe etwas hilflos in der Restauranttüre, suche nochmals unter unserem Tisch. Vergebens.
Ich gehe, blicke noch einmal zurück und denke mir: Habe ich jetzt richtig gesehen? Das gibt es doch nicht. Da hat jemand meinen Pass auf die oberste Treppe vom Nebeneingang des Lokals gelegt. Mein erster Gedanke ist: Danke, Oma.
Das Pärchen, das jetzt an unserem Tisch sitzt, scheint die Situation irgendwie mitbekommen zu haben und sagt „Buen Camino".

Ich gehe so glücklich wie selten zuvor in Richtung Herberge. Ich denke mal, ich werde heute wirklich gut schlafen.

24.Tag: 5 Std. / 1 Std. Pause / ca. 25km

"BOM CAMINHO"

MONTES

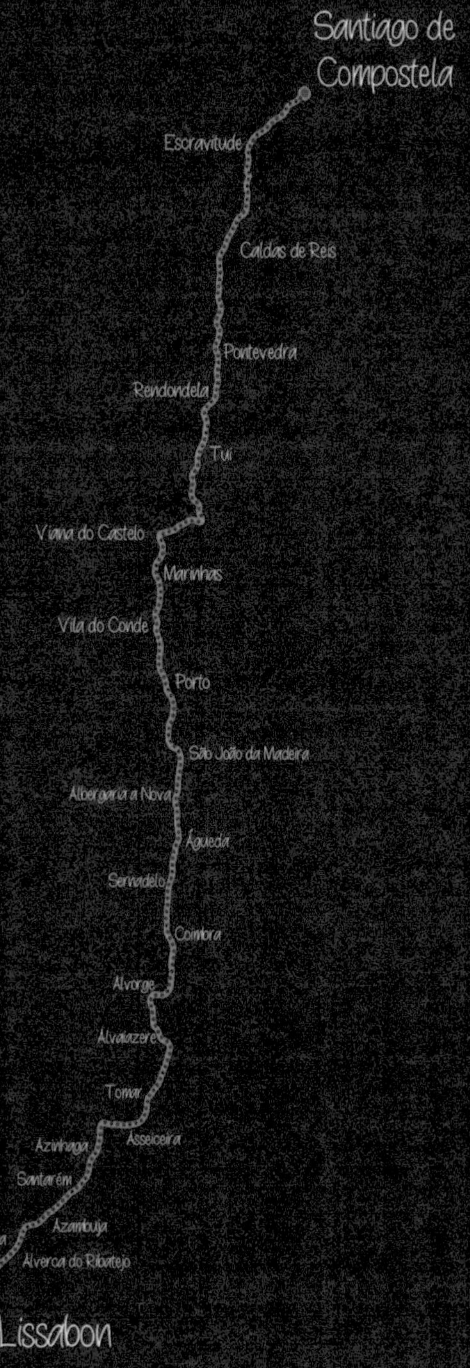
Santiago de Compostela
Escravitude
Caldas de Reis
Pontevedra
Rendondela
Tui
Viana do Castelo
Marinhas
Vila do Conde
Porto
São João da Madeira
Albergaria a Nova
Águeda
Sernadelo
Coimbra
Alvorge
Alvaiazere
Tomar
Asseiceira
Azinhaga
Santarém
Azambuja
Alverca do Ribatejo
Lissabon

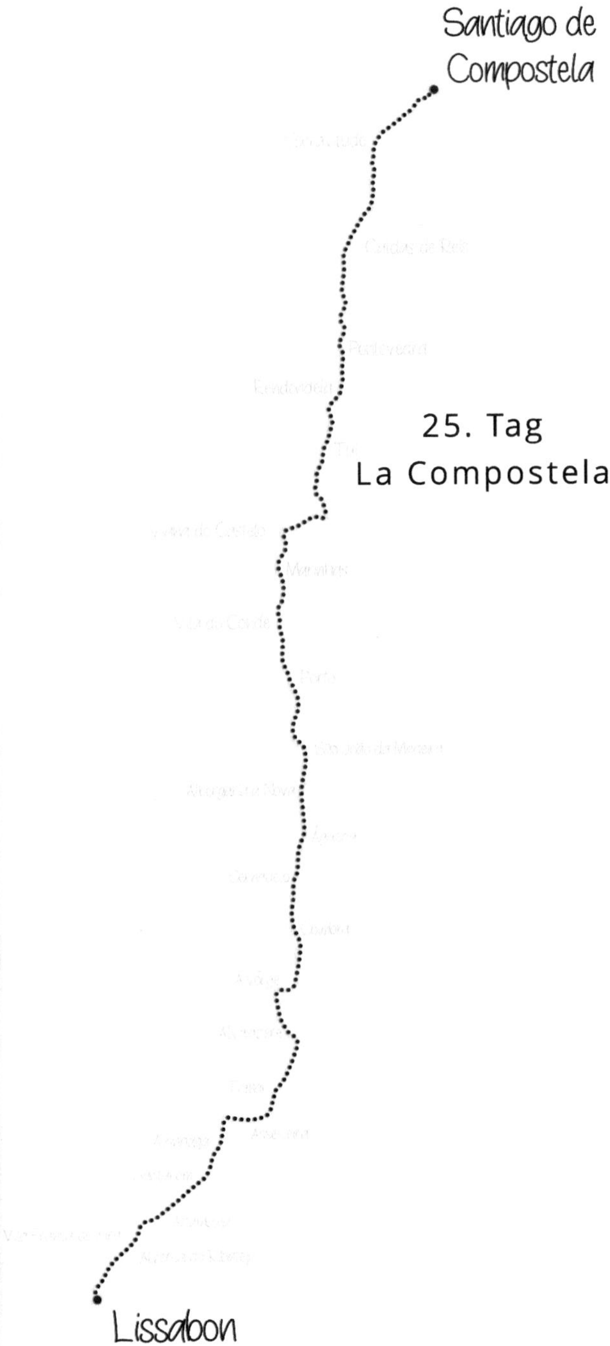

25. Tag
La Compostela

Ich habe tatsächlich bis 09:00 Uhr geschlafen. Mein Zimmerkollege schläft noch, hatte er doch eine längere Nacht als ich vor sich. Ich schleiche mich leise aus dem Zimmer und gehe Richtung Bad zur Körperhygiene. Ungewaschen kann ich doch nicht meine „La Compostela“ abholen. Wir hatten es ja auf heute verlegt, da es gestern so stark geregnet hatte. Ein bisschen aufgeregt bin ich schon. Heute ist noch einmal ein Startbericht zu lesen.

Start: 10:00 Uhr
Richard ist zwischenzeitlich erwacht, hat sich frisch gemacht und so marschieren wir gemeinsam Richtung „Oficina del Peregrino“. An Ort und Stelle angelangt, erwartet uns nur eine kleine Warteschlange vor dem Gebäude. Wir hatten mit viel mehr Andrang gerechnet. Per QR-Code oder auf die altmodische, händisch ausgefertigte Anmeldung beides garantiert den Einlass. Der Rest wird über zugewiesene Nummern bearbeitet.

Je nach Nummernaufruf wird ein Schalter zugewiesen, an dem die Überprüfung und im besten Fall das Ausstellen der Urkunde „La Compostela“ erfolgt.

Auf Wikipedia ist zu lesen:
La Compostela ist eine Urkunde für religiös motivierte Pilger, die ihnen den Besuch der Kathedrale von Santiago de Compostela und damit das Ende ihrer Wallfahrt auf dem Jakobsweg bescheinigt. Die Urkunde ist auf Lateinisch verfasst. Der Name des Pilgers wird als lateinische Variante eingetragen.

Die deutsche Übersetzung der Urkunde lautet:
„Das Kapitel dieser segenspendenden Apostel- und Metropolitankirche von Compostela, Hüter des Siegels des Altares des seligen Apostels Jakobus, macht entsprechend seiner Absicht, allen Gläubigen und Pilgern, die aus der ganzen Welt aus frommer Neigung oder zur Erfüllung eines Gelübdes an der Schwelle unseres Apostels, des Patrons und Schutzherren der spanischen Lande, des heiligen Jakobus, zusammenkommen, eine gültige Urkunde zur Bestätigung

ihres Besuches auszustellen, hiermit allen und jeden, die in die vorliegende Urkunde Einblick nehmen, werden, bekannt, dass Herr/Frau … [Vorname und Nachname des Pilgers] dieses hochehrwürdige Gotteshaus aus Frömmigkeit ehrerbietig besucht hat.

Zur Beglaubigung dessen überreiche ich ihm/ihr diese vorliegende Urkunde, versehen mit dem Siegel der genannten heiligen Kirche. Ausgestellt in Compostela den … Tag des Monats … im … Jahr des Herrn [evtl. noch Annus Sanctus – heiliges Jahr]"

Jetzt wäre ich ja nicht ich, könnte ich es vor Aufregung nicht nochmals verbocken, – zumindest teilweise. Damit meine ich das Ausstellen der Urkunde. Die generelle kostenlose Compostela erfolgt im A4hochformat. Bis daher ist alles gut. Ich erhalte diese nach Überprüfung und begebe mich stolz zum Ausgang, wo Richard bereits wartet. Der hat aber zwei Stück in seinen Händen. Die zweite Ausgabe ist etwas größer und im Querformat. Ich wieder zurück zum gleichen Schalter, ohne neue Nummer, einfach quer durch. Klar machen da einige große Augen, ist mir aber gerade ziemlich egal. Dort angelangt werde ich angelächelt, mein Pilgerpass wird nochmals überprüft und schon ist die zweite Compostela ausgefertigt. Jetzt aber gehe ich stolz hinaus, wo Richard wartet, und wir gehen zur Feier des Tages essen.

Der Himmel zieht schon wieder zu und wir begeben uns in Richtung Herberge. Unterwegs kaufe ich mir noch ein typisches „Santiago"-Shirt. Was sein muss, muss sein. Waschtag ist nochmals angesagt.

Ich bin am überlegen, was ich alles zurücklasse. Ehrlich jetzt die Schuhe, unabhängig davon, dass sie Auflösungserscheinungen zeigen, und die Hose, aus denen die Flecken nicht mehr rausgehen werden wohl hierbleiben. Fürs Handgepäck sind andererseits nur zehn Kilogramm erlaubt, die ich aber schon beim Flug nach Lissabon nicht überschritten hatte. Die eine oder andere Tube für die Hygiene ebenfalls. Dann wäre da noch mein Lieblingspullover,

der mir seit 20 Jahren brav zur Seite steht, jetzt aber auch schön langsam das Zeitliche segnet.
Ja, man muss auch loslassen können, obwohl ich das Wort „loslassen" gar nicht mag. Vielleicht kommt noch etwas dazu. Wir werden sehen.

Am Weg in die Stadt fängt es wieder an zu regnen. Wir haben Glück und finden gleich einen Platz in einer Bar. Zuerst bestellen wir etwas zu trinken und studieren nebenbei die Speisekarte. Wir warten geschlagene 30 Minuten, um unseren Essenswunsch kundtun zu können, also checkt Richard einstweilen die Bewertungen für dieses Lokal. Einer von sechs möglichen Sternen spricht eine deutliche Sprache. Ich zahle die Getränke, stecke meine Geldbörse ein und wir ziehen weiter. Genau vis-a-vis befindet sich ein Souvenirladen, den Richard und ich betreten. Plötzlich steht der Kellner vom Lokal vor mir und hält mir meine Geldbörse entgegen. Ich etwas kleinlaut, sage Dankeschön, das war jetzt aber echt nett. Ich habe das Gefühl, Santiago und ich, wir sind eine spannende Kombination. Dann kommt die Idee, es asiatisch zu versuchen. Im Nachhinein kann ich nur sagen, es war eine hervorragend scharfe Idee.

Wir bezahlen und machen uns Richtung Herberge auf, zum letzten Mal für eine wohl längere Zeit. Und es fängt wieder an zu regnen. Wir schaffen es gerade noch bevor wir komplett nass werden. Wehmut kommt auf, während ich diese Zeilen jetzt im Bett liegend tippe.

Pascale schreibt mir gerade und sendet mir Bilder, die sie von unserer Reise gemacht hat, es sind ein paar ganz lustige darunter. Wir tauschen Bilder aus. Ich bin nämlich den ersten Tag seit vier Wochen wieder online.
Ein letztes „Bom Caminho".

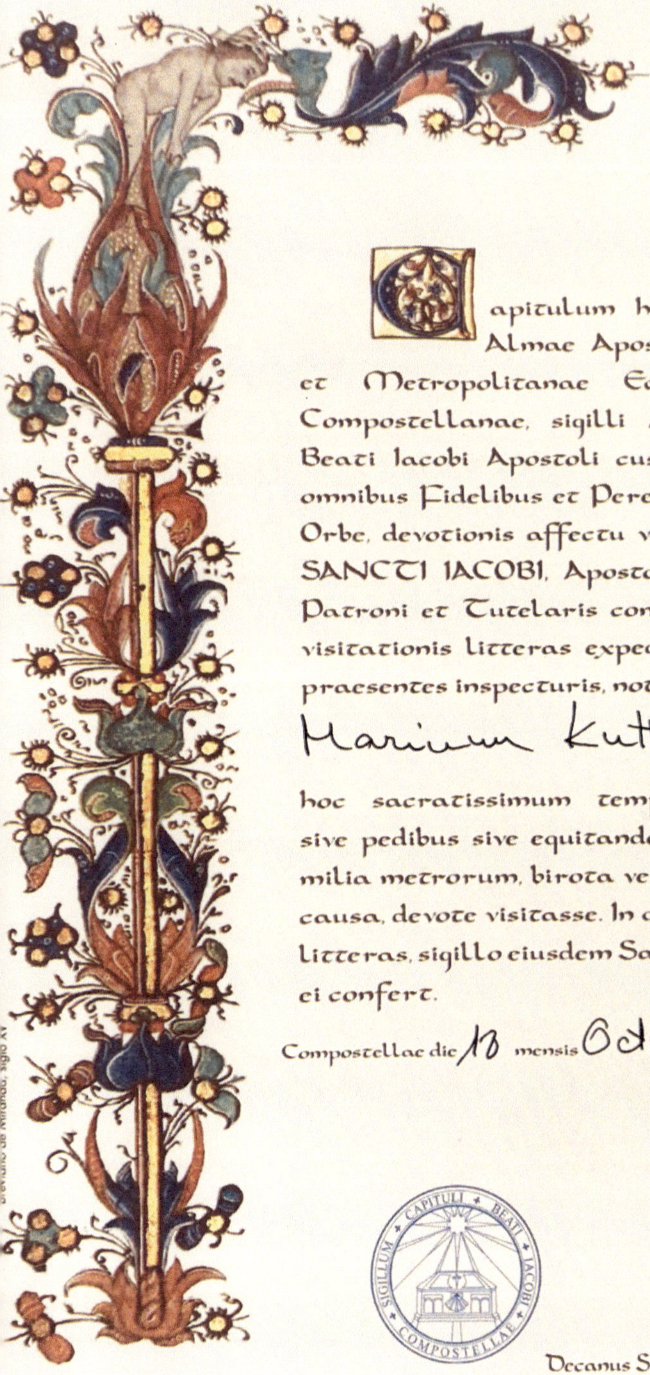

Capitulum huius
Almae Apostolicae
et Metropolitanae Ecclesiae
Compostellanae, sigilli Altaris
Beati Iacobi Apostoli custos, ut
omnibus Fidelibus et Peregrinis ex toto terrarum Orbe, devotionis affectu vel voti causa, ad limina SANCTI IACOBI, Apostoli Nostri, Hispaniarum Patroni et Tutelaris convenientibus, authenticas visitationis litteras expediat, omnibus et singulis praesentes inspecturis, notum facit: Dnam

Marinum Kuttnig

hoc sacratissimum templum, perfecto Itinere sive pedibus sive equitando post postrema centum milia metrorum, birota vero post ducenta, pietatis causa, devote visitasse. In quorum fidem praesentes litteras, sigillo eiusdem Sanctae Ecclesiae munitas, ei confert.

Compostellae die 13 mensis Octubris Anno Sancto Dni 2022

SIGILLUM CAPITULI BEATI IACOBI COMPOSTELLAE

José Fernández Lago
Decanus S.A.M.E. Cathedralis Compostellanae

26. Tag
Abreise

Es stürmt und regnet in der Nacht. Um 04:00 Uhr schließe ich sicherheitshalber die Fenster. Santiago scheint hell erleuchtet durch die große Anzahl an Blitzen. Zwischendurch gesellt sich auch Donner dazu. Eine fast gespenstische Stimmung. Gegen 07:00 Uhr wird es ein wenig besser. Ich stehe letztendlich eine Stunde später auf und beginne mit dem Packen.

Starke Wehmut schwingt mit. Nicht nur, weil eine Reise zu Ende geht, sondern weil ich mich, wie bereits erwähnt, von einigen Reiseutensilien verabschiedet habe. Natürlich hinterlasse ich ein kleines Trinkgeld und einen Zettel mit „Danke". Vielleicht findet sich jemand, der damit etwas anfangen kann. Auch mein Zimmerkollege ist fertig und wir checken letztmalig aus.

Da der Tag nicht ohne Kaffee beginnen kann und darf, geht es schnurstracks in eine Pastelería. Richards Flug geht um 13:30 Uhr, meiner um 17:45 Uhr und ich denke kurz darüber nach, bereits zur gleichen Zeit mit dem Bus zum Flughafen mitzufahren. Ich mache es davon abhängig, wie das Wetter ist, wenn wir das Café verlassen. Es regnet jedenfalls nicht und so verabschieden wir uns an der Bushaltestelle und ich schlendere nochmals durch die Stadt. Ein besonderes T-Shirt hat es mir angetan, dass ich schon seit wir hier angekommen sind, kaufen möchte. Ich finde den Laden ohne Probleme wieder und zack, das Shirt ist gekauft.
Kaum habe ich drei Schritte aus dem Geschäft gemacht, geht wieder ein derartiger Guss nieder, dass mich nur ein Sprung in das nächste Café rettet. Ich finde diese schnell wechselnden Wetterkapriolen äußerst interessant. Dafür habe ich jetzt Zeit, die ersten Zeilen zu den heutigen Geschehnissen zu schreiben.

Jetzt kommt etwas, das mir erst seit gestern so richtig aufgefallen ist. Die olfaktorisch orientierten Menschen unter euch wissen bereits, was kommt. Wenn man selbst nicht mehr so im Gehen ist und man nicht mehr so transpiriert, kann es passieren, dass sich das bereits sportlich Erlebte im Rucksack schon ein wenig verewigt hat. Sprich, den herben Duft wieder an die Außenwelt abgibt.

Jetzt hat man, wenn man den Rucksack umschnallt, natürlich das Gefühl, dass sich dieser Sportduft überall breitmacht. Ist auch so. Nun denn.
Ich also nichts wie rein in den Mercato und organisiere, tja, was war das wohl, es stand ja alles in Spanisch geschrieben drauf, einen Spray. Jetzt ist der sportlich herb maskuline Geruch endlich weg. Dafür rieche ich jetzt ¬ – nicht nur gegen den Wind – nach Flieder.

Auf zum Flughafen. Ich habe an der Rezeption noch einen Fahrplan mitgenommen, früh morgens. Was soll ich sagen. Unabhängig davon, dass ich mich zeitgerecht in Bewegung gesetzt habe, fährt der Bus nicht nach Plan. Zwölf Minuten später als geplant sitze ich im Bus Richtung Flughafen. Parallel bekomme ich via Mail meine Check-in Daten. Ich habe noch mehr als drei Stunden zum Einchecken, aber sicher ist sicher.

Nur so nebenbei, es herrscht jetzt Sonnenschein. Der Kreis schließt sich. Warum?
Ich steh beim Security-Check, und was passiert? Richtig alles raus aus dem Rucksack, ein Messer wurde entdeckt. Ich habe euch ja vom Flieder erzählt. Selbst der Flieder konnte nicht in alle Rucksackecken, sofern ein Rucksack überhaupt Ecken haben kann, vordringen. Der Gesichtsausdruck des Security-Mitarbeiters ist unbezahlbar. Ich glaube, das, was er seinem Kollegen zuruft ist allgemein gegen Peregrinos gerichtet.

Tatsächlich, ich hatte so ein Campingbesteck gekauft, aber vergessen, dass ich es doch mitgenommen habe. Das Messer wird konfisziert, Gabel und Löffel darf ich behalten. Alles wieder eingeräumt und mir fällt „take care“ ein.

Delayed!
Mal sehen, was passiert. Prinzipiell hätte ich laut Flugplan 50 Minuten Zeit, um in Madrid umzusteigen. Jetzt ist aber die Verspätung mit 25 Minuten angegeben. Es bleibt spannend.

Am Bildschirm steht 18:05 Uhr. Nachdem der Bus hierher ja auch ein paar Minuten Verspätung hatte, wird hier die neue Startzeit auch nicht halten. Das Boarding beginnt und meine Vorahnung bewahrheitet sich. Um den Anschlussflug zu erreichen, hätten wir vor fünf Minuten starten müssen. Vielleicht geht es ja mit Rückenwind und Heimweh ein wenig schneller nach Madrid.

Übrigens herrscht hier im Flugzeug Maskenpflicht. Da die meisten ihre Masken schon beim Boarding aufhatten, war mein schlechtes Flieder-Gewissen beruhigt.

Was mich weniger beruhigt ist, wir müssen wegen einen technischen Fehler aussteigen.

Um 19:00 Uhr sitzen wir wieder am Gate. Ich überlege mir, einfach loszumarschieren. Viel mehr Zeit als der Flug nach Austria dürfte ich unter diesen Umständen auch nicht benötigen.
Spaß beiseite, obwohl man den Humor in so einer Situation nicht verlieren sollte. Die nette Stewardess hat mich wissen lassen, dass Iberia immer für einen Weiterflug sorgt. Nur wahrscheinlich nicht mehr heute.
Irgendwie macht es mich nervös, dass kein neuer Flieger kommt, sondern am alten anscheinend rumgebastelt wird.
Es musste ja so kommen.

Reinhard Mey - Über den Wolken
Wind Nord-Ost, Startbahn null-drei. Bis hier hör ich die Motoren.
Wie ein Pfeil zieht sie vorbei.
Und es dröhnt in meinen Ohren. Und der nasse Asphalt bebt.
Wie ein Schleier staubt der Regen.
Bis sie abhebt und sie schwebt. Der Sonne entgegen.
Über den Wolken.
Muss die Freiheit wohl grenzenlos sein.
Alle Ängste, alle Sorgen, Sagt man.
Blieben darunter verborgen, und dann.
Würde was uns groß und wichtig erscheint.
Plötzlich nichtig und klein.

Änderungsvorschlag letzte Zeile: Plötzlich doch nicht Daheim

Es ist 20:15 Uhr und wir sitzen wieder im gleichen Flieger. Wie es weitergehen wird, werde ich erst in Madrid erfahren.

Um 20:35 Uhr sind wir in der Luft. Meine Sitznachbarin weiß vor Aufregung nicht weiter. Wie, was, wer, wo. Ihre Kinder wollten Sie in Amsterdam zum gemeinsamen Urlaub abholen. Prinzipiell möglich, nur der Flieger war für heute von Amsterdam nach Amerika gebucht. Jetzt checken die einen in Amsterdam und ich mit ihr gleich im Anschluss in Madrid die weiteren Möglichkeiten. Ich habe ja Zeit. Bei mir geht heute nix mehr nach Wien, erst wieder morgen. Ich muss nur ein Hotel für heute Nacht und meinen morgigen Weiterflug organisieren, – wahrscheinlich für meine Sitznachbarin auch. Sie wird durch die Turbulenzen, die wir haben, noch nervöser. Der Pilot versucht zu beruhigen.

Vor mir sitzt ein Papa mit seiner Tochter, die dementsprechend Angst hat, der Papa übrigens auch. Ich höre beide Deutsch miteinander reden. Ich beuge mich vor und spreche das Mädchen an, ob es zufällig weiß, was Engel sind. Sie nickt zurückhaltend. Ich erkläre ihr, dass ich ein Schutzengel bin und auf sie und Papa aufpasse. Ich male mir mit dem Kugelschreiber einen Smiley auf meine Maske und schon fängt sie an zu lachen. Die anderen um uns herum übrigens auch. Dann sagt sie plötzlich zu mir, dass Engel doch keinen Bart haben und warum ich einen habe? Ich sage ihr, ich sei im Urlaub. Scheint überzeugend gewesen zu sein, denn sie dreht sich wieder um.

Jetzt gilt es nur noch die Sitznachbarin ohne weitere Aufregung nach Amsterdam zu bringen. Wir setzen zur Landung an. Sofort erreicht sie der Anruf ihrer Familie und ihr wird mitgeteilt, dass alles gecheckt ist, auch das Hotel, wo sie heute übernachten wird.

Gut, dann brauch ich jetzt nur auf mich zu schauen.
Ich stehe bei Iberia an, um ein neues Ticket für morgen zu bekommen. Fast im Sekundentakt kommen immer mehr Reisende hinzu.

Als ich nach einer Stunde Wartezeit ein neues Ticket erhalte, hat sich die Warteschlange mit Sicherheit auf 300-400 Personen erweitert. Die Damen hinter den Schaltern müssen heute Überstunden und immer ein freundliches Gesicht machen.

Es kommt zu einem Spießrutenlauf, wo der Shuttle für das bereitgestellte Hotel abfährt. Nach mindestens 10 befragten Personen sitze ich jetzt in einem Bus und hoffe den richtigen erwischt zu haben. Als Entschuldigung gibt es ein sogenanntes Lunchpaket mit auf die Reise ins Hotel. Da bin ich jetzt aber gespannt, wohin es geht. Ich meine, im schlimmsten Fall habe ich noch immer meinen Schlafsack im Rucksack eingepackt.

60 Minuten später fahren wir noch immer in die dunkle spanische Nacht hinein. Es ist schon nach Mitternacht. Um 01:00 Uhr erreichen wir ein Hotel, um dann gleich an der Rezeption nach 30 weiteren Minuten Wartezeit zu erfahren, dass wir um 04:00 Uhr schon wieder abgeholt werden. Ich komme um 01:30 ins Zimmer.
Gute kurze Nacht.

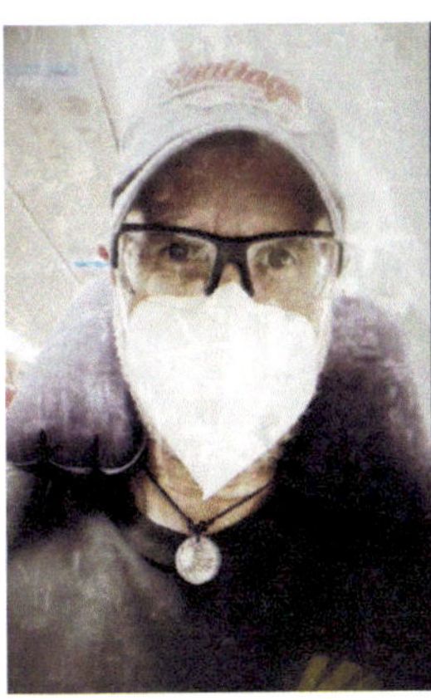

27. Tag
Abreise 2

Wer hätte das gedacht, dass es einen Abreisetag II geben wird.
Um 03:30 Uhr klingelt der Wecker und nun frisch und munter aus dem Bett.
Ich denke mir, eine kurze Dusche muss sich ausgehen und stehe auch schon darunter. Wenige Minuten später bin ich am Start und der Bus vor der Tür. Jetzt geht es nochmals 90 Minuten zum Flughafen.
Ich schlafe während der Fahrt ein. Am Flughafen angelangt werde auch ich wieder munter.

Raus aus dem Bus, hinein in die Abflughalle und durchs Drehkreuz, nur der Code am provisorisch ausgestellten Ticket lässt uns nicht durch. Wir müssen zu einem Extraschalter. Da wird uns aber ganz einfach und schnell geholfen und wir werden zum Security-Bereich weitergeleitet. Es geschehen noch Zeichen und Wunder, auch außerhalb des Jakobswegs. Ich komme ohne Probleme durch den Sicherheitscheck, irgendwie unheimlich.

Zuerst ins Restaurant zum Frühstück.
Es folgt das Boarding und alles funktioniert reibungslos, damit wir pünktlich starten können. Wenn ich an den gestrigen Rumpel-die-Pumpel-Flug denke, ist das heute ein Gleitflug.

Heute ist wirklich ein komplett anderer energetischer Tag als gestern. Fängt schon nach vier Tagen Regen mit Sonne an und hört mit einer mehr als pünktlichen Landung in Wien auf. Womit mein gestriger und heutiger Weg wieder nach Hause führt.

Nichts ist vergleichbar mit dem guten Gefühl, an einen vertrauten Ort zurückzukehren und zu merken, wie sehr man sich verändert hat.

„Bom Caminho".

ENTWICKLUNGEN

KULINARISCHE

SEITENBLICKE

TRIPLE

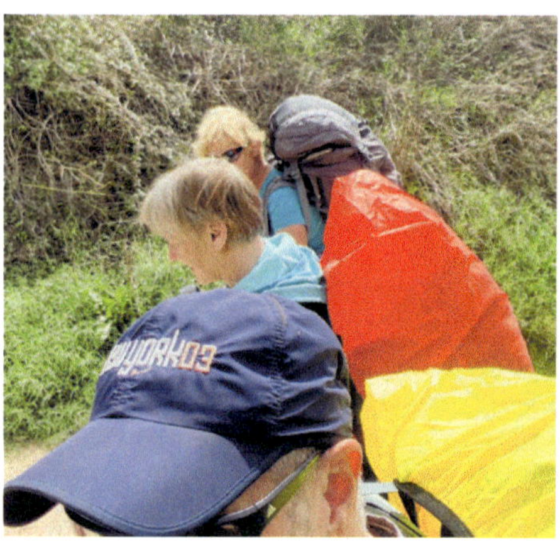

RUHE

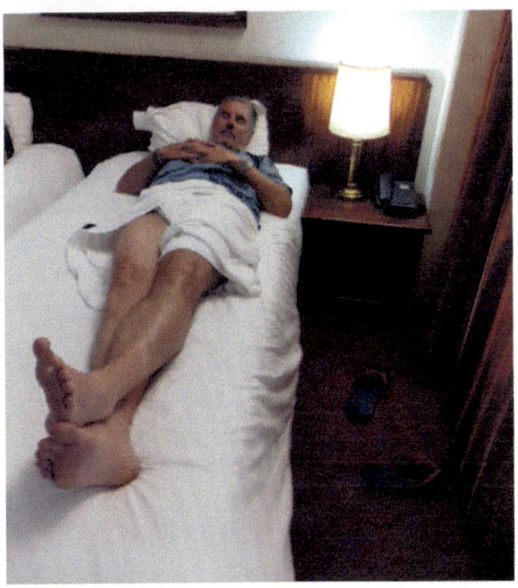

MOMENTS

COAST

L
I
S
S
A
B
O
N

HINWEISARTEN

FALSCH

EXTRA

RICHTIG

Vergiss mein nicht

Vergiss mein nicht – was wird mit diesen drei Worten assoziiert? Meist ein Abschied. Die Blume selbst symbolisiert ein zärtliches und liebevolles Lebewohl. Immer schwingt eines mit: Die träumerische Sehnsucht auf ein Wiedersehen!

Was sind in diesem Fall die richtigen Worte? Als Lebensgefährte, weiß ich, wie schwer es ist loszulassen. Deshalb entstand dieses **Lied**! Ein Lied das Hoffnung geben soll, in Zeiten gefühlter Kälte. Egal, ob die Trauer einen ziehenden Lebenspartner oder einen Menschen betrifft, der sich für immer aus dem irdischen Leben verabschiedet.

Es soll Menschen helfen zu sagen: „Vergiss mein nicht"!

Apple Music | Spotify | Youtube

ODE an die **TRAUER**

Dies ist ein **Buch**, welches Worte findet in Momenten wo Worte fehlen. Das passiert meist in Umständen, die uns nicht geläufig oder gewohnt sind. Ausnahmesituationen, die nicht nur der Tod mit sich bringt, sondern auch Lebensphasen, die Zuspruch benötigen. Als Lebensgefährte habe ich gelernt, in genau solchen Situationen die richtigen Worte zu finden. Sei es in Form von Balladen, Gedichten, Zitaten, Sprüchen großer Meister oder einfach nur achtsamen Bedeutungen.

Vor Ihnen liegt mein Buch, Ode an die Trauer" und beinhaltet vieles was ich sprach und vielleicht noch sprechen werde. Gefühlvolles wie auch Humorvolles. Es beinhaltet Musik, die ich gespielt habe, sowie meine eigene Top 20 Lieder-Kollektion. die ich als Unterstützung mit Ihnen teilen möchte. Ein herzliches Danke auch für die Worte, die ich nach Verabschiedungen erhalten habe.

Aber auch die Wahl der Verabschiedung ist nicht immer leicht zu entscheiden. Eine detailgetreue Checkliste definiert alle wichtigen Punkte, um wirklich nichts zu vergessen.
Seien Sie aufgehoben in einer Situation, in der Sie nicht alleine sind!

TAKE YOUR TIME

Mario Kuttnig
geboren 1969 in Klagenfurt, lebt in Kärnten.

Meine Lebens-Kunst ist Dinge zu erschaffen!
Jedoch muss unser Leben größer sein als unsere Kunst.

Deshalb braucht meine persönliche Kunst immer die Möglichkeit zur Neudefinition, um meine Talente ausleben zu können. So habe ich vielseitige Schaffenskreise wie meine Tätigkeit als Entertainmentmanager, Moderator, Singer/Songwriter und Schauspieler und schenke damit allen meinen Talenten Beachtung. Meine Ideen sind grenzenlos. Bei jeder Gelegenheit strukturiert meine Kunstseele neue Kapitel. Meine Prioritäen liegen jedoch beim Publikum und der Möglichkeit, mich auf Bühnen präsentieren zu dürfen, welcher eine bereits 30-jährige Erfahrung vorauseilt.

2011 absolvierte ich die Ausbildung zum Dipl. Burnout Prophylaxe Trainer in Wien und 2020 in Kärnten zum Trauerredner. Als Trainer & Coach, sowie Lebens- und Sozialberater "Out of the Box" darf ich in internationalen Unternehmen tätig sein.

DER Lebens GEFÄHRTE
REDNER & BEGLEITER

DANKE

Kontakt

Mario Kuttnig
www.der-lebensgefaehrte.com
office@der-lebensgefaehrte.com